MW01250592

Dello stesso autore nel catalogo Einaudi

Puerto Plata Market
Amore mio infinito
La piú grande balena morta della Lombardia

Aldo Nove
Superwoobinda

Einaudi

© 1998 Giulio Einaudi editore s.p.a., Torino

www.einaudi.it

ISBN 978-88-06-18370-7

Superwoobinda

Woobinda

Lotto numero uno

Il bagnoschiuma

Ho ammazzato i miei genitori perché usavano un bagnoschiuma assurdo, Pure & Vegetal.

Mia madre diceva che quel bagnoschiuma idrata la pelle ma io uso Vidal e voglio che in casa tutti usino Vidal.

Perché ricordo che fin da piccolo la pubblicità del bagnoschiuma Vidal mi piaceva molto.

Stavo a letto e guardavo correre quel cavallo.

Quel cavallo era la Libertà.

Volevo che tutti fossero liberi.

Volevo che tutti comprassero Vidal.

Poi un giorno mio padre disse che all'Esselunga c'era il tre per due e avremmo dovuto approfittarne. Non credevo che includesse anche il bagnoschiuma.

La mia famiglia non mi ha mai capito.

Da allora mi sono sempre comperato il bagnoschiuma Vidal da solo, e non me ne è mai importato nulla che in casa ci fossero tre confezioni di Pure & Vegetal alla calendula da far fuori.

Anzi quando entravo nel bagno e vedevo appoggiata al bidè una di quelle squallide bottiglie di plastica non potevo fare a meno di esprimere tutta la mia rabbia, rifiutandomi di cenare con loro.

Non tutto può essere comunicato.

Provatevi voi a essere colpiti negli ideali. Per delle questioni di prezzo, poi. Stavo zitto.

Mangiavo in camera mia, patatine e tegolini del Mulino, non volevo piú nemmeno vedere i miei amici: fingevo di non esserci, quando mi chiamavano al telefono.

Giorno dopo giorno mi accorgevo di quanto mia madre fosse brutta.

Avevo una madre che non avrebbe mai potuto candidarsi in politica, con le vene varicose e le dita ingiallite dalle sigarette.

Mia madre mi faceva schifo e mi chiedevo come era possibile che da bambino la amassi.

Mio padre diventava sempre piú vecchio anche lui.

Era davvero arrivato il momento di ammazzarli.

Una sera uscii dalla mia camera e dissi loro che avevo deciso di eliminarli.

Mi guardarono con i loro occhi da vecchi e, stupiti forse dal fatto che gli rivolgessi la parola, mi chiesero perché.

Dissi che dovevano cambiare bagnoschiuma, almeno.

Si misero a ridere.

Allora salii in camera e presi la lattina di pomodori pelati che mi ero nascosto sotto il letto per mangiarmeli di notte.

Tornai in cucina e chiusi la porta a chiave.

Urlai a mia madre che era una schifezza di persona e che si sarebbe dovuta fare asportare l'utero prima di concepirmi.

Mio padre si alzò di scatto cercando di darmi una sberla ma io gli tirai un tale calcio nei testicoli che cadde a terra senza respirare.

Mia madre si avventò piangendo su di lui, urlando cose sconnesse che la rendevano ancora piú vecchia e ridicola. Le affondai il coperchio di latta tagliente sul collo, uscivano litri di sangue mentre gridava come un maiale.

Poi ammazzai mio padre con il coltello dei surgelati.

Mi faceva davvero schifo come morivano vomitando sangue.

Su tutte le piastrelle c'era sangue e ancora se ne aggiungeva mentre quelli diventavano di un altro colore.

Tornai di sopra e presi le due bottiglie (una l'avevano finita) del loro bagnoschiuma del cazzo.
Le portai giú in cucina e le appoggiai sul tavolo mentre con il pestacarne rompevo il cranio di mia madre.
Il cervello fuoriusciva molto viscido e c'erano pezzetti di pelle con capelli che si staccavano come scotch.

La testa di mio padre mi sembrava piú molle oppure avevo semplicemente dato il colpo giusto.
Misi i cervelli dentro il lavandino e pulii bene l'interno delle loro teste con lo Scottex.
Ci versai dentro il Pure & Vegetal, dovevano capire che t

Complotto di famiglia

Mia moglie Vincenza 32 anni Pesci mi ha detto dài facciamo una storia con un'altra coppia proviamo una nuova esperienza sessuale con questi qui me ne parlava non mangiamo sempre la stessa minestra perché non ti vado piú le ho detto. Mi ha detto ma dài Eugenio 50 anni Sagittario cosa c'entra proviamo per vivere una sensazione diversa tu con un'altra donna io con un altro uomo facciamo lo scambio di coppia mi ha detto.

Va bene proviamo facciamo prima vediamo com'è ero stupito come li hai conosciuti le ho detto ho incontrato lei mi ha proposto lo scambio è una coppia molto bella proviamo andiamo mi ha detto.

Va bene andiamo le ho detto. Mi ha portato in casa di questi due Francesca un pezzo di figa giovane 20 22 anni suo marito un bel tipo 26 27 anni Marco lei mia moglie è andata nella stanza con il tipo Marco rideva ero stupito mi sembrava tutto un sogno mia moglie era sempre stata fedele cosí credevo se ne era andata di là con quel tipo Marco io ero rimasto lí con quel pezzo di figa che pezzo di figa ho pensato.

Hai mai fatto lo scambio di coppia mi ha detto no non l'ho mai fatto le ho detto. Le ho guardato le cosce le guardavo la bocca il seno guardavo a questa pezzo di figa la minigonna mi diceva dài non essere timido no non sono timido è che mi sembra tutto un sogno le ho detto.

Ma mia moglie quella troia con quel tipo Marco era di là io di lí con quella tipa con il cazzo duro era sdraiata sulla poltrona con le cosce la minigonna e tutte le cose dell'eccitazione sessuale avvicínati mi ha detto mi piaci mi ha detto anche tu mi piaci le ho detto sudavo.

Ma mia moglie quella troia con quel tipo Marco era di là io guardavo la tipa vicino a me sempre piú vicina chissà come si sta divertendo tua moglie con mio marito adesso divertiamoci anche noi mi ha detto sí divertiamoci adesso quella troia di mia moglie le ho detto.

Mia moglie allora è entrata nella stanza con quel tipo è entrata ridendo cosa hai fatto di là le ho gridato lei diceva non gridare mi ha detto.

Porca puttana cosa hai fatto di là con quel pirla cosa hai fatto di là dimmi cosa hai fatto di là con questo infamone qui di là.

Stai tranquillo mi ha detto la figa la moglie del tipo no non sto tranquillo voglio sapere porcodio adesso do fuoco alla casa ho tirato un pugno alla puttana che c'era lí stai tranquillo no porcodio siamo a *Complotto di famiglia* mi ha detto la puttana cazzo me ne frega sei a *Complotto di famiglia* calmati Eugenio quel programma con Alberto Castagna con Raffaella Trotta quella che dice ci vediamo tra un attimo un istante solo a tra poco tra un istante *Bellissima* se sei alta almeno un metro e settanta taglia 42 puoi partecipare a *Bellissima* dalla baia di Gabicci Cotonella slip il vino Ronco si strappa cosí ogni volta che premi la merenda con formaggio e frutta latte Plasmon senza coloranti con formaggio e frutta Pronto legno pulito con sapone e detergente pulisce a fondo le superfici in legno senza risciacquare allacciati la cintura ragazzo guarda dove siamo sembra l'Egitto siete a Gardaland le mie scarpe che bello sono Sanagens hanno il plantare in farmacia da Vichy per combattere la cellulite non girare a vuoto 144.11.429 quella figa di Sanremo non la Koll quell'altra quella bionda che corre in mutande tra i palazzi volume d'effetto senza ferretto in prima TV per i Filmissimi Harrison Ford prossimamente su Canale 5.

Bentornati a Canale 5 bentornati a *Complotto di famiglia* su Canale 5 quella trasmissione hai capito mi diceva mia moglie ti abbiamo fatto uno scherzo per andare da Castagna per ridere con la televisione no dài non fare cosí ma io non capivo in quel momento Castagna Canale 5 mia moglie era una troia cosa mi importava di Canale 5 la televisione cosa mi importava porcodio ho rotto la testa a quella troia che c'era lí seduta vicino cosa mi interessa di Canale 5 questa storia gridavo sono arrivati degli uomini sono usciti dal muro ma cosa fai sei impazzito cosa fai mi hanno detto.

A letto con Magalli

Sono una signora di 52 anni, bionda ossigenata. Mi chiamo Maria e il segno a cui appartengo è Gemelli.

Ho il sogno di andare a letto con Magalli. Magalli assomiglia a mio marito, ma è famoso.

Se vado a letto con mio marito, nessuno dice niente. Se vado a letto con Magalli ne dicono tutti.

Andare a letto con qualcuno è una cosa che piace alla gente. Piú o meno fanno tutti le stesse cose. Vanno a letto tutti allo stesso modo. Ma alcune persone sono famose, la gente le vede in continuazione e pensa come è scopare con quello lí che parla quando tu stai guardando la televisione mentre mangi con tuo marito la suocera i figli.

Non che creda che Magalli sia meglio di Costanzo degli altri anzi non è il piú bello il piú bello è Cecchi Paone con le bretelle o anche Fede è un uomo vissuto può piacere sul piano sessuale.

No Magalli dà sicurezza si capisce che non è strano che non vuole fare cose strane come quelle che dice mio marito quando telefona al 144 ad esempio leccare dietro, sono cose che Magalli non si permetterebbe mai è un personaggio pubblico non una delle donnine del telefono.

Magalli quando risponde al telefono risponde con

ironia con il modo di fare della persona sicura di sé della persona che ti fa sentire a tuo agio che fa delle battute anche forti ma senza mai esagerare insomma è un
uomo di classe e inoltre è da considerare che è basso e
con la pancia socievole un uomo di questo tipo, di cui
puoi fidarti perché non assomiglia a un latin lover anche se bisogna sempre considerare che si vede spesso
in televisione è tutti i giorni in televisione questo fa sí
comunque che un certo desiderio lo susciti nel pubblico che lo guarda.

Con Magalli vorrei scappare in un posto non troppo
famoso ad esempio in una spiaggia qualunque cosí la
gente mi vede passare guarda quella è lí insieme a Magalli passeggiano assieme mi guardano per vedere com'è
la donna che è lí insieme a Magalli.

Oppure sto qua a Firenze vado dal parrucchiere con
Magalli le amiche dicono guarda Maria è con Magalli
è davvero Magalli chissà come lo ha conosciuto se è
davvero Magalli figurati se è cosí e io mi stringerei al
suo petto lo prenderei sotto braccio per andare in San
Frediano con la luna piena a comperare una pizza na-
poletana al taglio.

Woobinda

Da quando ci sono le televisioni di Berlusconi non fanno piú vedere Woobinda, il ragazzo svizzero pallido che corre nella savana. Questo è uno degli effetti della destra.

Mi chiamo Giuseppe, ho trentuno anni. Ariete. Sono di sinistra come Woobinda. Woobinda faceva solidarietà. Il disco urlava: «Woobinda aiutami, Woobinda aiutami». Era un disco degli stessi che cantano Furia. Anche Furia non lo fanno piú.

Furia una volta lo hanno rifatto. Non era lo stesso di quando io ero giovane. Aveva una sigla orribile. Non faceva sognare. La mia generazione ha tantissimo bisogno di sognare.

La mia generazione crede in qualche cosa di nuovo. Woobinda i ragazzi di oggi non lo conoscono. Inoltre non conoscono Phantomas.

La sera, torno a casa dalla finestra. Faccio sempre rimettere il vetro dopo che l'ho rotto entrando dalla finestra.
Se nella savana ci fossero state le finestre Woobinda sarebbe entrato da lí spaccandole. Un giorno non ci saranno piú foreste e allora Woobinda finirebbe come alla televisione di oggi, che non esiste proprio.

Ma esiste, lui, come se il tempo non fosse passato, dentro di me.

Dentro tutte le persone che hanno ancora qualcosa da dire. È la forza di avere trent'anni negli anni Novanta.

È sapere dove stai andando.

Mia sorella si ricorda di Woobinda poco, perché quando lo davano aveva meno di dieci anni. Dice che per lei Woobinda è solo uno che gridava prima dell'ora di cena. Non ha in mente le trame delle storie e le è andata via di memoria la faccia.

Si ricorda bene di Barbapapà.

Barbapapà era insieme alla sua famiglia di Barbe. Barbapeloso era il piú simpatico.

Ma era solo un cartone animato, non rappresentava niente. Era un cartone animato di destra, un cartone animato della Lega Lombarda perché non aveva un discorso suo di fondo come Woobinda, che ci faceva sentire uniti, quando uscivamo la sera a suonare i campanelli nel 1979 avevamo in mente quella cosa lí, ci faceva sentire uniti tutti, ora le forze sono m

Vibravoll

Sono una ragazza di ventisette anni. Mi chiamo Stefania e sono Ariete cuspide Toro. Mio marito si chiama Gianni, ha quarant'anni e fa l'agente di finanza.

Io sono poetessa e redattrice di un giornale femminile, dove mi occupo della rubrica della corrispondenza. Per la maggior parte si tratta di questioni sentimentali insopportabili. Trite e ritrite. Allora quando esco dall'ufficio faccio delle lunghe corse in macchina, che mi rilassano ancora di piú da quando ho comperato il mio telefono cellulare.

Il mio telefono cellulare è uno Sharp TQ-G400.
Misura 130 per 49 per 24 millimetri e pesa 225 grammi con la batteria standard.
Ha due tasti cursori posti sotto i pulsanti di invio e di chiusura delle chiamate che mi permettono di scegliere il menú attraverso il quale dispongo facilmente delle funzioni di accesso alle opzioni che mi interessano.
Il display devo dire che è veramente molto bello, indubbiamente piú bello di quello del Pioneer PCC-740 che ha Maria.

Il mio telefono cellulare ha indicati il livello di ricezione del segnale, quello della carica della batteria, lo stato del telefono e l'ora.

Ha una piccola luce lampeggiante che mi permette,

anche se lo lascio appoggiato da qualche parte nella stanza o sulla macchina, di sapere lo stato delle batterie oppure se è in atto il processo di scarica.

Registra in memoria le ultime dieci telefonate che ho fatto.

Cosí, quando guido sull'autostrada alla ricerca di un attimino di relax, posso telefonare a Gianni e farmi dire delle porcate. Gianni mi dice: «Ti leccherei la figa, brutta bagascia che non sei altro», e io guido e mi bagno.

Gianni mi telefona sempre da Piazza Affari dove tutti gridano e nessuno si accorge cosa dice il mio Gianni al suo cellulare, un Ericsson EH237 da 1 583 000 lire.

Il cellulare di mio marito ha 199 memorie, e sei ripetizioni automatiche di numeri.

Pesa 20 grammi meno del mio e le sue misure sono di 49 per 130 per 23 mm.

Non ha un'antenna filiforme. Ha un'antenna elicoidale.

Bene, con questo Ericsson EH237 mio marito mi telefona quando guido per dirmi delle cose galanti.

Siamo una coppia moderna e ogni tanto andiamo al sexy shop Danubio Blu, vicino a Linate, per comperare attrezzi coadiuvanti alla piena riuscita del nostro intrigante rapporto di coppia. L'ultima volta abbiamo speso 119 700 lire.

Abbiamo comprato un fallo anatomico con schizzo non vibrante da 34 900, un Duett vibrante ano-vagina da 49 900 lire e delle palline cinesi stimolanti e vibranti da lire 34 900.

Però devo dire che una coppia cosí, che viaggia molto, dovrebbe senz'altro avere, come me e Gianni, Vibravoll.

Vibravoll è l'avvisatore silenzioso dei telefoni cellulari che mio marito mi ha messo nel culo il giorno dell'anniversario del nostro matrimonio.

Mi ha detto: «Aspetta che ti metto una cosa su per il culo».

Pensavo che fosse il solito vibratore, con schizzo o senza schizzo, vibrante o non vibrante, con glande scopribile o non scopribile, insomma un oggetto da mettere nel culo.

Invece era Vibravoll.

Mio marito è uscito dalla stanza e mi ha chiamata con il suo Ericsson EH237 al mio Sharp TQ-G400.

Subito Vibravoll ha incominciato a vibrare, segnalando la chiamata in arrivo e quella stimolazione cosí intensa che non avevo mai provato non avevo mai vissuto mi ha fatto impazzire ho scoperto come la tecnica di questi nostri giorni felici possa cambiare e migliorare un rapporto sessuale mugolavo pazzescamente con quell'apparecchio nel culo non ce l'ho fatta piú mi sono alzata dal letto e ho preso dal comodino il mio telefono cellulare ero esosa. Ero una troia in calore.

Me lo sono strofinato subito contro la figa energicamente su e giú. L'antenna cosí premeva ripetutamente piccola e morbida come solo le antenne Sharp sul clitoride provai un orgasmo cosí intenso che mai prima d'allora avevo provato e mio marito entrò nella stanza era bellissimo Scorpione ascendente Leone aveva il suo Ericsson EH237 nella mano destra acceso e lampeggiante lo teneva premuto sul cazzo paonazzo mi diceva con la lingua di fuori «Ti amo coniglietta mia adorata» e venni, tanto.

Lotto numero due

Vermicino

È una cosa importante. È forse la cosa piú importante, avere qualcosa da ricordare come Vermicino.

Un fatto che ti è accaduto, e che se vai a cercare lo ritrovi intatto, messo a posto via dentro te stesso. Cosí se cerchi di ricordare ti fermi, c'è qualcosa di solido, che rimane. Da raccontare ai tuoi nipoti. La storia.

Questo Vermicino, io lo ricordo.
Perché forse è stato il momento piú bello della mia vita, te lo racconto cosí come è successo, con la luce spenta tutti alzati assieme a guardarlo. C'era silenzio. Era notte. Diventava sempre piú notte a guardare Vermicino alla tele. Eravamo milioni di persone e lui giú, lí da solo.

Cercava di non morire, con un microfono lo diceva a tutti i telespettatori, che non voleva morire Alfredino Rampi. E noi lí, come dei tifosi della vita, ad aspettare che si vedesse che lo salvavano da quel buco.

Mia madre diceva fate silenzio, fate silenzio tutti si sente che dice qualcosa al microfono, lo intervistavano in silenzio su com'era morire lí, senza che nessuno ti può vedere, tutti ad ascoltare però. Se piangeva se gridava.

Mi ricordo l'espressione di Alfredino, sui giornali,

sempre quella, che chiudeva un po' gli occhi per il sole, con una canottiera a righe. Prima che cadesse nel
fosso della televisione. Allora quando viveva cosí, un
bambino normale, anche molto carino era senza la diretta notturna.

Penso che se Alfredino moriva ora aveva la pubblicità come problema, piú per i telespettatori che per lui
direttamente, impegnato a sopravvivere un attimino in
piú. Avrebbero cercato un momento neutro per mandare la pubblicità dei croccanti per il cane, come quando nelle partite la palla esce dal campo, un giocatore va
a recuperarla, e fanno lo spot di una cosa.
   Ma moriva sempre allo stesso modo, non c'era pau-
sa, quel bambino moriva tutta la notte.

Per farti intervistare dovevi essere suo parente, o
una maestra che lo aveva avuto. Due parole al telegiornale e via, tornavi nessuno.

Alcuni provano a scendere nel buco. Un sardo alto
un metro, che pesava quindici chili è sceso giú. Alle
cinque del mattino è tornato sopra senza Alfredino, che
smottava deciso nelle voragini della terra.

Mi sembra che c'era anche il presidente della Repubblica, che allora forse era Pertini, e stava intorno
al fosso come il sindaco di Vermicino.

Per stare vicino al fosso dovevi essere importante,
gli altri guardavano alla tele, come alla Scala, se non sei
qualcuno vai su nel loggione.

Vermicino era un programma davvero spontaneo.
Non come certi programmi di adesso, ad esempio *Per-
donami* di Mengacci, dove è già successo che hanno
ammazzato veramente, ma non era come a V

Quando inizia *Non è la Rai* abbasso tutte le tapparelle.

Chiudo la porta a chiave e mi apro un pacchetto di dixi, o a volte di fonzies, dipende da cosa ha comprato mia madre, e mi guardo quelle noccioline che scuotono le tette fresche.

Mi piace pensare che siano tutte nelle mia stanza, e che ogni oggetto sia saturo del profumo delle loro fighe pulite.

Non ho mai visto, dal vero, una figa.

Del resto, pur pensandoci tutto il giorno, non credo che potrei farne nulla, pensando che da lí escono il sangue, la piscia e i bambini pieni di schifezze bagnate.

Sull'enciclopedia medica ho visto delle fighe con il tumore.

Una sembrava che aveva una melanzana marcia appoggiata sopra, dalle tonalità che sfumavano verso il blu elettrico, con delle venuzze viola tutt'attorno.

Un'altra figa era divisa in due da un'escrescenza arancione, molto raccapricciante da guardare.

Ma di questo non m'interessa nulla.
L'amore è una cosa seria.
Alle due e mezza mi sintonizzo su Italia 1.

Quando mio padre è morto pensavo che un giorno una di quelle ragazze mi avrebbe amato.

Era per non pensare alla morte, che non so cosa è e non voglio che accada, almeno la mia.

Se mi viene da pensare alla morte mangio moltissimo, svuoto il frigorifero di tutto quello che c'è, poi mi metto sul letto e dormo fino a quando non inizia Fiorello.

Fiorello è il migliore di tutti.
Sa scherzare bene e canta in qualunque stile.

Ho dei quaderni con tutte le ragazze di *Non è la Rai*.
La copertina di quello con Mary è irresistibile.
Ha degli occhi, Mary...
Quante volte ho sognato di metterla a novanta gradi.
Poi le tiravo giú le mutande e le spaccavo il culo.
Con una ragazza cosí mi piacerebbe andare al cinema e vedere qualunque film.

Mary non è stronza come Ambra.
Mary è molto piú dolce.
Mary studia filosofia.
Mary ha i capelli biondi.
Mary non grida.
Mary ha le gambe piú lunghe di Pamela.
Mary non cerca di rubare spazio alle altre ragazze.
Mary mi fa vivere la speranza di un mondo migliore.
Mary mi fa battere il cuore fortissimo.
Mary è piú bella di Miriana.
Mary è molto riservata.
Mary ha il sorriso piú bello che esiste.
Mary è del segno dei Pesci.
Mary parla tre lingue.
Mary sconfiggerà questa noia che non ha mai fine.
Mary guarda di profilo con le sue labbra grandi e impazzisco.
Mary balla con moltissima grazia.
Mary ha la pelle profumata.
Mary è tutto quello che possiedo.

A volte, durante la pubblicità cambio canale, anche se alcune, come quella della Neocibalgina, mi piacciono moltissimo, specialmente per la canzone, oppure quella di Saratoga, con la modella che si butta nell'acqua.

Se capita che mi faccio una sega sto attento di venire quando è inquadrata Mary o al limite Roberta, e se, come mi è successo una volta, sborro mentre inquadrano uno dei finti poliziotti che ci sono lí, allora è uno schifo.

Quando muoio voglio che mi seppelliscano con Mary, o almeno una sua fotografia.

La strage di via Palestro

Quando sono andato alla strage di via Palestro con la mia ragazza, Capricorno, era vestita in modo da puttana.

Ciò poteva sembrare irrispettoso, specialmente perché aveva i pantaloni aderenti, neri, ma nessuno sembrava farci caso, perché davanti a una strage non si fa caso nemmeno alla figa.

Prima la sera uno è normale, magari è tuo marito, o tua moglie, e poi va in via Palestro e finisce a tocchetti sugli alberi e per terra e sui cofani delle auto parcheggiate duecento metri piú in là, e non si trova ad esempio un pezzo di schiena, e quello era tuo marito dentro i sacchetti per i morti.

Tutti pensano ai morti.
Anch'io. Ho vent'anni. Passando tra la gente, mi vedevo le macerie ed ero triste, ma meno che guardando la televisione, perché alla televisione tutto sembra piú vero, e i collegamenti sono immediati, la strage ti entra in casa all'improvviso, non c'è calcolo, nessuno dice «andiamo alla strage», succede.

Dal vivo, alcuni giorni dopo, il luogo della strage è pieno di gente che guarda le macerie o guarda altra gente che ha lo sguardo sospeso nel vuoto.
Molti scuotevano la testa parlando a voce bassa.

Sugli alberi c'erano molte foto della Madonna attaccate con lo scotch, e delle poesie.

Anche dei discorsi lunghissimi, difficili da capire, o pensieri di bambini.

Anch'io, se avessi un figlio, gli farei scrivere delle poesie sui morti e lo porterei alle stragi.

La sera in cui esplose la bomba in via Palestro anche in altre parti d'Italia erano scoppiate delle bombe.

Giravo tra i canali per capire dove.

Pensavo che forse era la fine dell'Italia. Che sarebbe scoppiato tutto.

Andando a letto mi veniva in mente quel marocchino esploso sulla panchina. Quando si lascia che la gente dorme dove vuole nessuno può garantire che il giorno dopo si svegli.

Io, il giorno dopo sono stato anche alla manifestazione. Tutti erano arrabbiati ma non si riusciva ad arrabbiarsi contro nessuno di preciso.

Eravamo arrabbiati in generale.

Mi sarebbe piaciuto dire qualcosa agli intervistatori di Rai 1 che c'erano ma se mi avessero intervistato non avrei saputo che cosa dire. Avrei detto che non si doveva fare cosí, una strage.

Poi siamo andati da Burghy e ho preso un king-bacon e le patatine regular e un cheese e il succo d'arancia e un apple-bag, mentre la mia ragazza ha preso un king-cheese e il fish e una patatine small e la coca max

Ilaria era venuta a casa mia a vedere *L'esorcista*. Io sono la sua amica Stefania e ho sedici anni.

Secondo me il suo scopo non era vedere il film. Credo che voleva scoparmi. E infatti mi scopò.

Durante la pubblicità mi baciava, e dopo dieci minuti aveva già infilato la mano tra le mie cosce, scostando le mutandine e toccandomi la figa.

Appena il film stava per riprendere le afferravo la mano e gliela mettevo a posto.

A circa metà del primo tempo Ilaria iniziò a sditalinarsi forte.

A me non me ne fregava nulla perché volevo vedere *L'esorcista*.

Sentivo il suo respiro diventare sempre piú affannoso, poi iniziò a mugolare come una cagnona in calore.

Mi levai dal divano per alzare il volume.

Ilaria mi disse di mettere una videocassetta porno con Ron Jeremy, e che *L'esorcista* lo avremmo potuto vedere un'altra volta.

Stavo incominciando a rompermi.

Le chiesi cosa era venuta a fare, se non voleva vedere il film, visto che a me invece interessava.

Lei disse che mi amava e io andai in camera a prendere le cuffie a raggi infrarossi.

Attaccai il cavo alla tele e non la stetti piú a sentire.

Ma quella maiala non smetteva di darmi fastidio.

Dimenandosi faceva traballare tutto il divano.

Il telecomando, che era appoggiato lí vicino, cadde a terra.

Non me ne sarei accorta se non fosse cambiato il canale.

Mi trovai davanti agli occhi *La ruota della fortuna*.

Sbuffai e rimisi su Rete 4.

Per poter guardare in pace il film mi tolsi le mutande e dissi a Ilaria di leccarmi pure la figa, bastava che non si agitasse troppo, e soprattutto che non si mettesse davanti allo schermo.

Si sdraiò a terra infilando la testa sotto la mia gonna.

A un certo punto andò via l'audio.

Probabilmente erano finite le pile delle cuffie.

Quattro ministilo da 1,5, le avevo cambiate meno di due settimane prima.

– Ilaria, – dissi, – smettila, sono finite le pile.

Emerse dalle mie gambe, guardandomi inebetita.

– Cosa c'è? – fece tutta ansante.

– Sono finite le pile delle cuffie, non sento

Emerse dalle mie gambe, guardandomi inebetita.

– Cosa c'è? – fece tutta ansante.

– Sono finite le pile delle cuffie, non sento

Emerse dalle mie gambe, guardandomi inebetita.

– Cosa c'è? – fece tutta ansante.

– Sono finite le pile delle cuffie, non sento

Emerse dalle mie gambe, guardandomi inebetita.

– Cosa c'è? – fece tutta ansante.

– Sono finite le pile delle cuffie, non sento

Emerse dalle mie gambe, guardandomi inebetita.
– Cosa c'è? – fece tutta ansante.
– Sono finite le pile delle cuffie, non sento

Emerse dalle mie gambe, guardandomi inebetita.
– Cosa c'è? – fece tutta ansante.
– Sono finite le pile delle cuffie, non sento

Lettera commerciale

Caro distributore,

Avrà certo partecipato, da persona sensibile quale Ella è, al terribile lutto che in questi giorni tutti ci ha colpiti.

La scomparsa di Federico Fellini ci ha toccato proprio nel cuore.

Tutti, nel corso degli anni, siamo stati catturati dal suo fascino e dalla sua poesia.

L'opera di Fellini, Ella ne converrà, ha raggiunto con semplicità ed efficacia le piú alte vette di quel genio italico a cui già tanti artisti avevano dato fecondo contributo (es. Leopardi).

Pure, l'astro di Federico Fellini brilla in un modo tutto particolare nel nostro Parnaso.

La formidabile partecipazione di popolo alle sue esequie nonché i continui lanci d'agenzia nei giorni della sua agonia sono stati efficace espressione di quanto diffusa fosse in Italia la stima per Fellini.

Ed è proprio con un particolare riguardo a questo aspetto che sottoponiamo alla Sua attenzione il depliant allegato a questa lettera.

La linea di oggettistica commemorativa che stiamo lanciando su scala nazionale si rivolge a una fascia di utenti estremamente vasta.

Saprà Ella scegliere, secondo le specifiche esigenze della sua attività, ciò che piú può adattarsi, nello specifico, alla sua clientela.

Le consigliamo comunque un riguardo particolare per la linea di bocce di Fellini morto con la neve.

L'infelice calvario del Maestro è il motivo che abbiamo scelto per immettere linfa vitale in un mercato,
quello delle bocce di neve, ormai in crisi.

I soggetti tradizionali (chiese, panorami, pupazzi di-
sneyani) non sono piú al passo con le esigenze di un
pubblico oggi molto esigente e attento al mondo che lo
circonda.
Un pubblico moderno, che merita quindi bocce di
neve piú complesse e articolate nel messaggio, cariche
di valore simbolico e culturalmente gratificanti.

Valuti personalmente il campione accluso. Ne con-
sideri le perfette fattezze dei particolari. La cura con
cui è stata riprodotta la cannula dell'ossigeno, come
realisticamente questa si introduca nelle nari di plastica del pupazzetto di Fellini (fig. 3, pag. 6) resistente
agli urti.
La neve nella sala d'ospedale darà un tono vaga-
mente natalizio a un evento cosí sottratto alla sua poco commercializzabile tristezza.

Troverà anche tre cartoline «magiche» (sempre a
soggetto commemorativo).
Tale genere di gadgets, presenti sul mercato specialmente negli anni Settanta, deve il suo effetto alla
particolare composizione del cartoncino che, differen-
temente inclinato, esibisce ora una ora un'altra immagine.
I soggetti tradizionali (modelle, scene per bambini)
sono stati da noi sostituiti con cordiali illustrazioni del
regista di *Amarcord*, ritratto in atteggiamenti affettuosi
con la moglie Giulietta Masina, anch'essa indimenti-
cabile protagonista dei nostri giorni.
Inclinando il cartoncino, una triste immagine del regista di *La strada* in coma apparirà all'utente ricordan-
do cosí la drammatica opposizione della vita e della
morte che tutti ci riguarda.

Capirà quanto sia serio e ricco di aperture sul mercato il nostro catalogo.

Lunga vita dunque a Federico Fellini e buon lavoro a lei.

Lotto numero tre

La macchina spaccabaci

Quando per la strada vedo i ragazzi della mia età che limonano è come se mi esplodesse un'industria nel cuore.

L'odio non è una generica avversione per gli altri. È quando vuoi rovesciare la lingua dentro le bocche delle ragazze che limonano.

Non puoi chiedere se puoi anche tu.

Puoi solo prendere il treno.

Se aspetti il treno continui a fare quello. Nessuna che si baci con te.

Allora quando ritorni a casa guardi fuori dal finestrino e pensi al lavoro.

Sono Azzurro, ho diciassette anni e sono del Leone.

Ho inventato la macchina spaccabaci.

L'ho ricavata dall'asta del mio lampadario, alla sommità del quale ho messo il tritacarne.

Mia madre non sa.

La prima volta che ho provato l'amore è stato a sette anni. Mariella era di Catania, una compagna di classe. Mi piaceva e per questo sognavo che vivessimo assieme.

Guardavo la sua pelle e le parlavo. Lei diceva che doveva andare via.

Una volta mi ha sputato in faccia e ho sentito la sua saliva entrare tra le mie labbra.

Quello era l'amore.

Da allora ho sempre voluto che qualcuna mi baciasse e volevo sentire il sapore della saliva di una ragazza.

Ma le ragazze non baciavano me.
Una volta ero a Primaticcio e ho visto una ragazza come la penultima moglie di Costanzo.
Aveva la lingua estratta e toccava la punta della lingua di un tamarro con gli occhi chiusi.
Cosí ho deciso di fare una macchina spaccabaci.

Quando una ragazza non limona con me io la vedo per la strada.
Allora agire è giusto, agire mi fa stare meno male, riparo alle ingiustizie, tutto sembra migliorare.
Mi metto davanti a quelle due persone e collego il frullatore alla batteria della macchina.

In fondo la lingua non è che una bistecca piena di saliva di ragazza.
E quando si frulla la carne è tutta uguale.

A ventiquattro anni ho conosciuto Maria. Se le davo diecimila lire potevo guardare mentre si toccava nel bagno del bar Nilo.
Sognavo cosa accadeva se ci fossimo sposati, ma poi Maria è andata a vivere a Bellinzona.

Le puttane non ti baciano.
Le puoi inculare anche per meno di duecentomila lire se hanno piú di quarant'anni o mezzo milione se sono giovani, ma non ti baciano.
Questo non riesco a capirlo perché.

La mia macchina spaccabaci fa molto sangue a causa di come è fatto l'organismo, e in una società piú giusta non servirebbe, anch'io avrei una ragazza per andare alle corse dei cavalli, e la guarderei negli occhi, le direi qualcosa.

La mia macchina spaccabaci non è costosa perché l'ho inventata con materiali di recupero, ad esempio il lampadario era da buttare via.

I Programmi dell'Accesso

Mi chiamo Andrea Garano. Ho ventitre anni e possiedo uno stereo. La mia mente è malata perché i Programmi dell'Accesso ci sono entrati dentro. Combinano delle cose con gli elementi chimici che ho nel cervello.

Perché quando do fuoco alla porta della mia vicina di casa non sono responsabile di averle bruciato giú tutto. A impormi di comportarmi cosí sono gli uomini che parlano delle tubature delle fogne che ci sono in Pakistan durante i Programmi dell'Accesso.

La sigla dei Programmi la conosco da quando avevo dodici anni, perché mio cugino aveva il disco dove c'è, è di un gruppo greco che non esiste piú, si chiamavano gli Aphrodite's Child, credo che voglia dire i bambini del diavolo («child» in inglese vuole dire demonio, l'ho fatto alle medie), e in copertina c'è solo rosso, e un numero, 666.

Il numero dei Programmi dell'Accesso.
E infatti, quando finisce la pubblicità ci sono alcuni minuti di silenzio in cui apparentemente non si vede nulla e invece si vede Nefal, il terribile diavolo.

Poi iniziano i programmi con quella musica e allora non c'è piú niente da fare, li devo guardare inginocchiato davanti alla televisione, li devo ascoltare con molta attenzione, senza perdere una sola parola dei Programmi dell'Accesso che iniziano.

Ho anche provato a cambiare televisione ma trasmettono sempre allo stesso modo i Programmi. Con quella sigla anche su un Grundig. Lo stesso presentatore, gli stessi ospiti che parlano di una società che si occupa di combattere la sclerosi multipla e si vede distintamente sui volti di quelle persone che la sclerosi è tutto un pretesto per mandarmi dei messaggi che non capisco nemmeno, che mi vogliono ferire.

Quando cammino per strada nessuno mi guarda e inizia a parlare della sclerosi multipla tra i bambini che hanno meno di sei anni, nessuno si presenta dicendo che è il membro di una bocciofila torinese che si interessa anche di ragazzi emarginati dalla società. Questo succede solo quando ci sono i Programmi dell'Accesso.

Io li ascolto fino a che inizio a ondeggiare come una canna di bambú avanti e indietro sul tappeto e guardo il presentatore che ad esempio chiede come mai abbiano deciso quegli ospiti di presentare un'interrogazione parlamentare, perché degli altri hanno dovuto chiamare il consolato per un'altra cosa che adesso non ricordo e allora la musica che ho detto continua a sentirsi nella parte centrale del mio cervello mi spinge a uscire di casa a commettere degli omicidi.

A commettere degli omicidi, a gridare fino a quando la signora Collura non chiama dal piano di sotto la polizia mentre i Programmi continuano, delle donne parlano dei diritti delle lavoratrici statali handicappate fino a che la presentatrice non guarda le telecamere per un attimo un silenzio completo cessa la canzone degli Aphrodite's Child.

Prendo la lametta da barba mi taglio le mani ascolto il presentatore che mi dice di stare ad ascoltare quelle parole come nei dischi dei Black Sabbath rovesciate per farmi esplodere il cervello per arrivare a un'esplosione tale che non c'è altro che sangue che scorre dai canali della televisione e dalle mie mani.

Argentina Brasile Africa

Adesso come faccio a dirlo a mia moglie, com'è che le telefono per dirglielo se abbiamo ancora tre anni di mutuo da pagare per la casa e due anni di mutuo tata-tattà

Per la macchina. Adesso parcheggio, qui in mezzo a piazza Loreto. Adesso parcheggio qui adesso. Che non ho piú nessuna speranza di fare qualcosa per il futuro dei miei figli adesso che

Piove cosí forte lascio la macchina vicino al distributore di benzina, sí... Non credevo che potessi provare questa sensazione di sangue che pulsa cosí forte, di paura adesso che

Mi chiamo Luigi. Ho ventotto anni.
Mi hanno licenziato e questa pioggia, stasera, è cosí dolce, è cosí bagnata adesso. Devo telefonare a Bertoni dirgli che devo consegnargli le chiavi dell'ufficio. Adesso che

Piove in piazza Argentina mi ricordo che

Mia madre, da piccolo, mi diceva (è pazzesco che me lo ricordi adesso) mia madre mi diceva che ogni goccia che cade per terra o sui cornicioni di Motta o dovunque è un pensiero che era evaporato, e torna alla terra.

Non so piú cosa mi accadrà domani dopodomani devo riorganizzare la mia esistenza devo sapere cosa

Sarà dei miei figli se posso tenere la casa che ho preso in condivisione a Palau, adesso...

Adesso. Scendo dalla macchina. Adesso che piove scendo dalla macchina scendo giú che questa pioggia mi commuove perché adesso ho un attimo il tempo di guardarla di sentirla scivolare giú sulla faccia sul

Cardigan come non ho mai avuto tempo di accorgermi e di sentirla scendere sulle mani adesso la sento adesso mi tiro fuori il cazzo dai pantaloni in mezzo a corso Buenos Aires tiro

Fuori il cazzo dai pantaloni senza l'ombrello scendo lí davanti all'ingresso della stazione di Lima senza tirare su l'impermeabile adesso

Che piove mi voglio stordire.
Per una volta mi voglio completamente stordire qui e poi andare su verso piazza
ARGENTINA come se il
BRASILE e come se tutta quanta l'
AFRICA adesso sotto questa pioggia mi abbracciassero sotto di questa

Pioggia mi abbracciassero e basta con questo caos come se ero un cornicione come se tra poco mi

Dissolvessi in questa pioggia che piove oggi mercoledí ventiquattro gennaio tra poco non esisterò piú perché cosí adesso scendo dall'automobile e ogni goccia che cade adesso ogni goccia che

cade adesso.

Senna

Quando ero bambino sognavo di incominciare a parlare alla tele mentre c'erano centinaia di giornalisti attorno, e ognuno di questi aspettava di sentire le mie parole che migliaia di giornali avrebbero scritto che milioni di persone avrebbero saputo. Sono Michael, ho vent'anni, sono del segno dello Scorpione.

Abbiamo atteso nell'aeroporto internazionale di San Paolo per tutta la notte. Faceva freddo, come se fossero sparite le stagioni, come se la temperatura si fosse bloccata, raggelandosi dentro di noi cupa, ottusa, e il tempo non passava mai.

Eravamo molte migliaia, forse milioni a tacere completamente. Eravamo stanchi e smarriti, come un bambino a cui la madre ha lasciato soltanto ricordi.

Ayrton Senna era mio padre, quel padre che non ho mai avuto e svaria nelle favelas, brucia gli occhi, come soltanto un nome può bruciare immenso.

Ayrton Senna era la mia scuola, una processione maestosa tra le nazioni, la forza di guardare alto e riconoscibile oltre l'indistinta sequenza di magliette e strade, parole e settimane riversate dentro qualcosa che non capisco, che non è la mia vita ma continua dove mi trovo io.

Ayrton Senna era mia moglie e la mia vita, ogni sorriso che ho potuto esibire, quasi distraendomi dalla pressione inaudita delle stelle sulle notti di Rio, quelle stelle oscure e lontane, presagi di infinite disgrazie.

Mercoledí tutti gli aerei di tutte le televisioni del mondo hanno saputo che nei nostri cuori c'era l'amore, lo hanno inquadrato dall'alto e reso concreto, visibile attraverso lo schermo, come una sonda nello spirito della gente comune, un amore che supera le montagne e il mare, l'amore che tutti ci lega a un eroe nazionale.

Quando ero bambino sognavo una pistola che sparasse piú forte di questa, cosí forte da uccidere chiunque. Un'arma potentissima, che mi difendesse in ogni occasione, che scagliasse imprevedibili proiettili blu.

Quando ero bambino sognavo di diventare cosí famoso che se fossi morto ogni persona della terra mi avrebbe toccato la bara piangendo. Allora sarei stato piú vivo che in ogni momento che ho trascorso fino adesso, allora morendo avrei incominciato a vivere davvero.

Quando ero bambino sognavo che potevo comperare tutto quello che avevo pensato di comperare, anche se lo avevo pensato quasi per sbaglio, e che ci fosse un agente che si occupasse di comperare tutte le cose alle quali invece mi ero dimenticato di pensare.

You Can Dance

L'altro giorno ero al bar Azzurri con gli amici. Stavo prendendo il caffè quando rividi Marcello. L'avevo conosciuto al militare. Lo presentai agli amici. Quando non si ha piú diciotto anni è bello ricordare gli anni passati. Marcello era felice di sapere che ero sposato. Marcello adesso ha trentun anni (come me). Mi sembra che è nato due giorni dopo di me, siamo tutti e due del Cancro, avevamo fatto la festa di compleanno assieme, al bar Devolzi.

E ricordammo pure quella volta che il sardo, a Gallarate, non voleva scendere dal tetto, e quando portammo le puttane in caserma, e quella volta che lui rubò il cioccolato, quindici chili, e lo rivendemmo a uno del mercato. E ci ricordammo del tenente Casuli omosessuale, e di quando il tossico di Voghera lasciò il deposito incustodito per farsi una pera, e io dovevo fare rapporto.

Una volta Marcello trovò una bambola gonfiabile nell'armadietto di You Can Dance e la gonfiammo e dopo averla spinta dentro il water uno ci sorprese che scappavamo e cercò di tirarla fuori per usarla lui ma esplose.

Marcello era diventato grasso e aveva una figlia di due anni, prese un Crodino e disse che organizzava le trasferte della Juve insieme ad altri tifosi e un giorno sarei potuto andare a trovarlo a casa sua.

Quando fu il momento di andare si offrí di pagare
lui ma non era giusto, dopo tanto tempo mi faceva piacere pagare io. Marcello non voleva e cercò di spinger-
mi via. Io gli dissi di lasciar perdere, che era meglio lasciar perdere, di togliersi da lí.

Lui mi disse che pagava lui, io gli dissi di scordarse-
lo, lui mi chiese se stavo scherzando. Gli risposi di no,
Marcello fece una smorfia, gli dissi di non fare smor-
fie del cazzo, che pagavo io, Marcello mi disse figlio di
puttana.

Io lo mandai a cagare, lo doveva capire che le cose
spettava a me pagarle, e Marcello disse di non provar-
mi a tirare fuori il portafogli che si era rotto i coglioni,
pagava lui.

Intanto intorno era venuta la gente, voleva vedere
chi pagava, le ragazze del bar e altri. Io guardavo tutti che mi guardavano, aspettavano che facessi una mos-
sa, anche la cassiera dietro il banco, mi guardavano.

Dissi a Marcello di non fare il pirla, era l'ultima volta che glielo dicevo, di stare attento ma lui mi spinse
via contro il bancone dei gelati, per dare i soldi alla cassiera.

Porca puttana gridai a Marcello tirando fuori la pistola, lo vuoi capire che la devi smettere con questa storia continuavo a gridare scaricandogli il caricatore negli occhi.

Gli gridavo se voleva quello, se voleva morire e Marcello cadeva con in mano i soldi sporchi di sangue per
terra, tutta la gente usciva dal bar e anch'io uscivo spa-
rando, sparavo a tutti e gridavo che pagavo io, quella
volta.

Lotto numero quattro

Mia nonna

Che io abbia o meno una nonna non cambia nulla.
Non si è mai visto nessuno che sia stato accettato, o
magari anche amato, perché ha una nonna.

Mia nonna è sorda, sporca e falsa.
Non è piú consapevole, o almeno cosí sembra, perché le piccole meschinerie che ormai sole costituisco-
no la sua vita le sa gestire con un rigore disarmante.
Le complesse tesi con cui riesce a nascondere di essere stata lei, unica presente in casa, a mangiare tutti i
Baci Perugina sono di per sé sufficienti a farla sembrare
un avvocato dalle palle quadrate.
L'impassibilità con cui dissimula l'imbarazzo in cui
si trova quando scopriamo che ha pisciato il divano è
sconcertante.
Con quella stessa faccia tosta sfiora la genialità at-
tribuendo tutte le colpe al figlio del vicino di casa, che
ha sí due anni, ma non viene certo a pisciare sul nostro
divano.

È impressionante guardare le foto di mia nonna da
giovane.
Era una bella donna.
Pensare che la schifezza umana che oggi è ha la figa
mi dà il capogiro.

Una volta le ho chiesto se non le dispiaceva che stava per morire e anche se aveva ancora degli appetiti
sessuali nessuno si sarebbe mai scopato una larva come

lei, che sarebbe progressivamente marcita, come del resto già ne mostrava concretamente, sulla sua carne, i
primi segni.

La faccia di mia nonna, fondamentalmente, è la stessa che aveva da giovane, con la differenza che è come
se da lí le avessero aspirato ogni liquido, lasciando che
poi la pelle ricadesse qua e là a casaccio.

Vuole sempre che la accompagni in cimitero, a trovare suo marito, mio nonno, che è morto nel 1972 e lei
è ancora tutta presa a venerare.
Da questa parte, però, dai vivi.
Io quando lei sarà morta non andrò a romperle i coglioni nella tomba per chiederle di accompagnarmi in
giro assieme a quel cadaverone di suo marito.

Figuratevi se mi portassi in giro mia nonna.
Già sono stato l'ultimo a comperare il Moncler: con
la nonna, a cuccare in centro, a mangiare in paninote-
ca gli hamburger che non può mangiare perché al posto dei denti ha le estremità gelatinose delle gengive
molto schifose.

Cosí venerdí scorso, mentre diceva scemenze ingi-
nocchiata sulla tomba di mio nonno ho avuto una buona idea.
Ho preso da un vicino di loculo un lumicino di fer-
ro e glielo ho tirato sulla testa.

Ovviamente non è morta.

Perché quando sente l'odore dei vermi, quando si ri-
trova a contatto con il suo elemento biologico, quello
putrefattivo, mia nonna diventa un'altra, recupera tutte le forze che non ha quando è in giro a rompere il cazzo per casa.
Prega e prega, inossidabile.

Avrei dovuto considerare che giocava in casa.

Gesú che balla

Ogni tanto andiamo a trovare un vecchio.

Siamo un gruppo di ragazzi. Marco, 17 anni, Cancro, non fidanzato. Enrico, 17 anni, Gemelli, non fidanzato. Salvatore, 16 anni, Toro, non fidanzato.

I vecchi stanno lí seduti a guardare la tele e dicono che guardano la radio perché sono vecchi. Non sanno piú distinguere tele da radio, accendono indifferentemente la radio o la tele, indifferentemente l'ascoltano o la guardano perché sono chiusi nei loro pensieri, stanno lí ma pensano ad altro, si distraggono prima di morire, lo fanno come possono, non c'è da pretendere tanto da loro.

Ne ho conosciuto uno che continuava a chiedermi se ero sua mamma se ero sua figlia suo padre non capiva nulla, nemmeno la differenza dei maschi con le femmine, nemmeno come si apre il tubetto del dentifricio, voleva lavarsi i denti con la schiuma da barba. Marco gli diceva ma che cavolo dice non vede che è la schiuma da barba e tutti ridevamo felici di non essere ancora diventati vecchi perché è bello avere 17 anni, hai voglia di fare un sacco di cose e le capisci.

Un vecchio no. Cioè, le vuole fare, ma non capisce.

Ad esempio una volta la nostra bella organizzazione di volontariato ci ha mandati da uno che si arrampicava sul lavandino per pisciare, era stato un importante uomo d'affari ma ora era diventato cosí.

A ogni ora del giorno cercava dolci, diceva sempre facciamo merenda anche se si era appena alzato dal tavolo, alle quattro del pomeriggio, dopo la merenda, e si nascondeva in tasca tutto ciò che di dolce trovava in casa, era furioso di zucchero.

Io gli dicevo signor Michele se tutti facessero come lei che mondo di deficienti sarebbe il nostro, tutti a chiedere bignè panna cotta pandoro girelle.

Il signor Michele non mi ascoltava continuava a dire è arrivata l'ora di mangiarci un dolcetto.

Eh, signor Michele, gli rispondevo, i dolci sono finiti, e quello allora che c'era la casa piena di dolci, andava avanti cosí tutto il giorno, era un vecchio cosí.

Una volta con Enrico e Marco siamo andati da uno che aveva fatto l'impiegato nella stessa ditta in cui aveva lavorato suo padre dove adesso lavorava suo figlio da quarant'anni e continuava a dirci che suo padre aveva lavorato nella stessa ditta in cui adesso lavorava suo figlio dove aveva lavorato anche lui, e cosí lavorando uno dopo l'altro diventavano vecchi a raccontare questa cosa, mi diceva questa cosa mentre c'era Rispoli alla tele, prima che incominciasse Rispoli alla tele, dopo che era finito Rispoli alla tele, con una grossa soddisfazione nel dirla.

Aveva questa poltrona, stava lí.

Io gli ho chiesto se parlava solo di ditta, se non aveva un'altra cosa da dire, questa ditta qui era pesante da continuare a sentir dire.

Lui non rispondeva, fissava dritto la tele e riprendeva a parlare di quello, era uno spot imbarazzante di silenzio che ogni tanto faceva nel corso del pomeriggio, stringeva forte il bastone e guardava fisso.

Tutti i vecchi hanno la tele accesa.

Nella loro testa le cose si confondono alla tele, uno dell'anno scorso accendeva la tele alle otto per vedere il telegiornale e se sbagliava canale qualunque cosa vedesse pensava che era il telegiornale, veniva da te e di-

ceva che oggi un'auto americana era andata a sbattere
contro il muro, e quella era la sua notizia del giorno,
avevano detto al telegiornale che un'auto tedesca no inglese no americana era improvvisamente andata a sbattere contro il muro di una certa città degli Stati Uniti.

Un altro parlava con Alba Parietti, le diceva di andare in camera da letto a fare l'amore con lui, le faceva dei gesti per non convincere Levi al posto della Parietti, non voleva andare a letto con Arrigo Levi, non
voleva proprio che ci fosse sullo schermo, voleva solamente Alba Parietti, un programma tutto su Alba Parietti, per continuare a parlare con lei, per dirle cose
sporche e carine, a volte le parlava anche quando la televisione era spenta, la vedeva sullo schermo nero lo
stesso, la sua mente era flippata via con Alba Parietti.

Quel vecchio era convinto che Madonna era la Madonna, una volta trasmettevano il video di *Like a
Prayer*, ha detto in televisione c'è Gesú che balla perché questo vecchio confondeva Gesú con la Madonna.

Ruanda

Considerato che ora ho un televisore ventiquattro pollici subacqueo posso vedere il Ruanda in fondo alla piscina con tutta l'attrezzatura senza che si scarichino le batterie. Posso riemergere a bere un'aranciata San Pellegrino e tornare in apnea a vedere il Ruanda.

Posso vedere il Ruanda quando vado in Milano con la mia Cherokee Limited TD 4 x 4 in quanto ho l'impianto con la lavatrice la radio la tele sul cruscotto posso vedere ogni genere di morti mentre parcheggio.

Il Ruanda è un fiume impressionante di parti del corpo tagliate a colpi d'accetta che durante il TG4 si vede distintamente dall'elicottero come una massa indistinta che si muove trasportata dalla corrente.

Ci sono delle mani, dei piedi, delle vagine e dei tronchi che sbattono contro schiene, teste, gambe, sassi e scatole, addensandosi qua e là in composizioni subito stravolte dalla corrente.
Come in un caleidoscopio si formano delle figure colore marrone e nero mentre il giornalista dice come continua ad accadere questo.

Durante la trasmissione del Ruanda cerco di decifrare cosa si stia inquadrando, intendo i precisi confini di una persona o perlomeno la parte visibile del corpo in quel momento sullo schermo.

Quando vado in montagna con il mio televisore da polso a sincronizzazione automatica ogni tanto mi fermo ad ammirare il paesaggio, mangio qualcosa e guardo il Ruanda.

Spesso la ricezione è disturbata e succede che al Ruanda si sovrapponga Video-Music vedo contemporaneamente delle cantanti sexy delle teste di bambino delle coca-cole delle pubblicità elettorali un cronista una fucilata al posto di un colpo d'accetta a seconda della zona in cui mi trovo vedo delle cose diverse.

Certe immagini mi rimangono piú impresse, specialmente quella di un uomo che si girava e sparava a tutti come ogni tanto qualcuno in America entra da Burghy e spara ma è soltanto un caso tra molte migliaia di persone che vivono normalmente come noi sono cose che possono capitare a causa del caldo o delle vicissitudini personali non una strage metodica come quella che sta succedendo adesso in Ruanda.

Grazie al fatto che mi sono fatto installare un televisore con videoregistratore a doppia velocità nella stanza da bagno posso vedere mentre cago le scene di quelli che corrono in Ruanda tutti quanti assieme bambini vecchie e animali si travolgono gridano senza sapere dove andare cercano di non farsi uccidere mentre si solleva un polverone impressionante a causa della siccità e la telecamera dell'operatore riprende in modo irregolare le scene che si sovrappongono mentr

La musica

Quando la testa di Michela rimbalzò recisa tra le mie mani un rumore sordo interruppe la musica.

Life is Life dei Max Emotion era un pezzo che si faceva sempre ascoltare con piacere.

A questo pensavo mentre la lamiera mi recideva di netto il piede sinistro.

Ne avevo acquistato il quarantacinque giri due mesi prima, ma non lo ascoltavo mai perché avevo preso anche la cassetta di Mixage dove ce n'era una versione dal vivo molto bella, *Live is Life*.

C'erano anche *You Are My Heart You Are My Soul* dei Modern Talking e *I Like Chopin* di Gazebo.

Ora che Michela era morta avrei dovuto limonare da solo.

Posto che fossi riuscito a riprendere a respirare in tempo ragionevole, e che la macchina non fosse esplosa.

Tutti voi avrete ascoltato *Elettrica Salsa* di Off.

L'atmosfera di quel pezzo era molto vicina a quella che circonda un incidente stradale.

O almeno, credevo che se un giorno ne avessi fatto uno, dalle conseguenze piuttosto gravi, senz'altro quella ne sarebbe stata la colonna sonora ideale.

Sulle prime non fu cosí.

Mi venne in mente piuttosto *Heart on Fire* di Albert One.

Ma fu un attimo, prima che la radio curiosamente riprendesse a gracchiare.

Life is Life. Il mio piede era davanti a me.
Lo scorgevo distintamente.
Da solo mi pareva una scemenza.
Ma una volta riattaccato quel piede avrebbe significato molte cose.

Sarei potuto tornare a ballare quella canzone di Falco, *Jeanie.*
Nel video si vedeva una scarpa rossa, poi lui dentro una camicia di forza.
Falco aveva fatto anche *Der Kommissar.*

Due volte cercai di parlare con Michela, scordandomi che aveva la parte superiore del corpo conficcata dentro il cruscotto.

Con lei ascoltavo bellissime canzoni.
Con lei facevo l'amore.
Una volta eravamo andati assieme ad ascoltare i Duran Duran.
Era la donna piú bella del mondo.
Ma ora sinceramente era morta.

Non è che mi dispiacesse piú di tanto.

Fatto sta che ero rimasto da solo.
E questo non voleva dire nulla.
Le sirene dell'ambulanza non tardarono ad arrivare.
Mi dava fastidio tutta quella agitazione attorno a me.

Quando mi misero sulla barella pensai che anche Rino Gaetano, come Michela, era morto sull'autostrada.
Ma io non ascoltavo musica italiana, a parte alcuni

pezzi piú da discoteca, come *Ti sento* dei Matia Bazar, che aveva venduto molto anche in Inghilterra, con il titolo *I Want You*, e in Spagna, dove invece si chiamava *Te Quie*

Amore

È importante che la razione quotidiana di cibo di Amore venga integrata con sali minerali, e che ogni giorno siano somministrati tutti gli elementi necessari a una sana crescita.

Ma anche la varietà non è un fattore che può essere ragionevolmente trascurato...

Cosí io, Franco, del Leone, 33 anni, cerco di comperare tutte le specialità che una buona rivendita può offrire a un gatto esigente come il mio, sottoponendole all'esame del suo palato.

Certo non tutto può essere acquistato: non mi sono mai spinto sotto le mille lire a scatola.

Ciò mi dà la garanzia del prodotto medio.

Ricordo che una volta comperai Optimus Cat, una mousse di fegato di tacchino che Amore non gradí affatto.

Siccome lasciai quella, e nient'altro, tutto il giorno nel suo piattino, dopo averla snobbata a sera si decise ad assaggiarla, e subito la rigettò sul divano.

Non era certo avariata, sarebbe scaduta da lí a due mesi.

Costava millecento lire la scatola.

Amore adora Fido Gatto, specialmente i croccantini secchi.

Glieli metto in una bacinella piena di acqua minerale, non gasata, a temperatura ambiente, di solito l'Orobica (ma anche la San Benedetto non è male) e, appena i croccantini sono ben idratati (ma senza che si siano disfatti), glieli do.

Amore detesta il riso.
Ho provato tutti gli accostamenti possibili.
L'anno scorso avevo preso un'elegantissima confezione di riso al salmone.
Gliela servii appena scaldata, come indicato nelle istruzioni.
Non la guardò neanche.
Provai col pollo. Riso e pollo. Nulla.

Piú di tutto Amore ama le sottilette.
Letteralmente le divora. Non c'è nulla di strano in questo.
Amore è un gatto umano e consuma cibi umani. In una certa misura, però.
Non mi fido a dargli piú di una sottiletta al giorno.
Inoltre, pur essendo conscio della sua voracità, è ben difficile che gliela lasci mangiare da sola.
Generalmente gliela metto sopra la mousse di pollo.

Amore è castrato, quindi non ha vita sessuale.
Anch'io non ne ho, pur essendo integro nella virilità.
È comunque pacifico che noi uomini, rispetto ai gatti, abbiamo processi di seduzione incredibilmente piú complicati.
Complicati e noiosi. Noiosi e detestabili.

Cosí la sera, quando piú gli ormoni dettano legge, chiamo Amore in camera da letto.
Lo accarezzo e Amore fa le fusa.
Si accoccola al mio fianco e osserva come scarto la sua sottiletta preferita.

La scaldo un po' tra le mie mani e poi ci gioco, appallottolandola tutta.

Ne do una punta ad Amore che la mangia scuoten-
do ritmicamente la coda.

Poi me la metto sul cazzo, dalla cappella ai coglioni,
e chiudo gli occhi.

Allora mi sento un uomo, non me ne frega niente
dell'ufficio, non me ne frega niente dei morti in Jugoslavia.

Amore lecca e lecca, la sua lingua rasposa mi porta
in paradiso.

Il paradiso è Amore.
Nel mio caso specifico un soriano.

Lotto numero cinque

La merda

Mia madre ha scoperto che tengo la merda nel comodino.

A causa dell'odore che incominciava a diffondersi in tutta la casa. A voglia, deodoranti! La puzza, sempre piú persistente, la fece dapprima pensare a un guasto.

Non era nessuna tubatura. Nessuna fuga di gas. Neppure cadaveri di topo, nulla.

Sono io, che tengo la merda nel comodino.

Mi chiamo Edoardo, ho diciotto anni, sono dell'Ariete.

Alla merda sono arrivato per gradi. Ho cominciato a fare considerazioni sul colore...

Marrone come la terra.

A me piace la terra.

Sui cartelloni che facevamo alle elementari il mondo era un'immensa palla di tutti colori.

In realtà è blu (i mari) e marrone.

Bisogna rispettare, sempre e in ogni cosa, i colori giusti...

Mi fa ridere, che nelle pubblicità rovescino sugli assorbenti e sui pannolini liquidi sempre blu!

Io, da bambino credevo di pisciare molto sbagliato, perché pisciavo giallo.

Guardavo la tele e la piscia era blu.

Ma è la pubblicità, che modifica le cose.

Se ci avete mai fatto caso, nelle pubblicità non c'è mai merda.

Questo è uno dei motivi per cui la conservo. Se la rappresentassero, sarebbe verde.

O blu, come la piscia.

So che mia madre ha fatto finta di nulla. L'ha buttata via semplicemente.

A cena, mangiava rassegnata, con la faccia china.

Si sentiva solo il rumore delle posate e, ogni tanto, uno dei suoi lunghi sospiri. Quelli delle grandi occasioni. Come quando lo zio è finito sotto una macchina. O quando le è caduta nel cesso la collanina d'oro.

Erano anni che non la sentivo sospirare cosí. Le gridai che cazzo c'era. Rimase zitta, come al solito, guardando le rasagnole.

Le spinsi la faccia dentro il piatto. E che se lei si guardava quelle trasmissioni di merda, anch'io potevo tenerla nel cassetto.

Non potevo mai decidere io, cosa vedere alla sera.

Per alcuni mesi sono uscito con una ragazza, andavamo al bar.

Lei si portava dietro sempre lo stesso libro e mi leggeva sempre le stesse frasi. Allende, l'autore: quello che tutte le donne, sul metrò, leggono. Spero che dentro quei libri le parole non siano tutte uguali. Quella ragazza, comunque non la vidi piú.

Era ottobre, la merda la buttavo ancora via.

Mai una volta che decidessi io cosa guardare, la sera. Mi piaceva *Milano-Italia*. A mia madre no.

Non si può collezionare figurine a trentaquattro anni.

Io, a trentaquattro anni, non ho amici con cui andare a giocare a freccette. O a scala quaranta. Non me ne dispiace affatto.

Bisogna cambiare la situazione politica. Fare qualcosa per questo mondo. Lo pensavo sempre, da bambino.
Oggi, ritengo ch

Un attimino bella

Mi chiamo Rosalba, ho ventisette anni e sono un attimino bella. Per questo ho sempre un cazzo in bocca. Da quando avevo quindici anni gli uomini quando mi vedono diventano cretini e vogliono subito mettermi il cazzo in bocca.

Ciò dipende dal fatto che sono Bilancia ascendente Bilancia, cioè curo molto l'estetica. Comunque sono molto dotata di natura perché ho Venere trigona a Giove, la quarta di reggiseno e due cosce che mi vogliono rompere.

All'inizio era noioso perché il prete che insegnava al ginnasio voleva che gli facessi le seghe il primo giorno era timido il secondo di meno poi sempre piú rompicazzo quel prete gli ho detto vatti a farti segare dalla Madonna ho preso l'esame di religione.

Poi per la strada mi gridano sempre ciao bella figa complimenti suca 'sta minchia io ogni tanto le succhiavo ma non a tutti a tutti non si può.

Una mia amica mi ha detto vieni a fare un porno ti danno un milione al giorno devi solo fare le stesse cose che devi fare per essere promossa ad esempio toccare il cazzo a uno un poco con le tette vieni andiamo ti presento Ivano.

Ivano non voleva che gli succhiassi il cazzo scherzava parlava d'altro era simpatico ma alla fine pensavo anche lui vuole che gli succhio il cazzo come tutti gli uomini dicono le donne sono tutte troie cercano di ficcarti il cazzo da qualche parte ti portano sui Navigli parlano di molte cose ma alla fine cercano di toglierti le calze tutto il resto come se sei una lattina da bere stronzi.

Ivano no. Mi ha presentato un ragazzo scemo Marco molto bello me lo ha presentato ha detto che dovevamo fare l'amore mi ha presentato il fotografo che era una donna mi hanno spruzzato in bocca un disinfettante per le pompe Ivano mi diceva stai tranquilla fai così così e così mi ha detto di mettere in bocca il cazzo di Marco facendo la faccia di estasi alla telecamera poi decine di altre centinaia di cazzi di scemi.

Un giorno dovevo sputare la sborra nel cesso c'era scritto sul copione a me la sborra piace me la sono ingoiata lo stesso Ivano mi ha detto brutta merda mi ha dato un calcio in gola e mi hanno dato 6 000 000 di rimborso.

Moltissima acqua e un po' di sangue

Questa violenza che c'è in giro, la vedi dappertutto, in ogni film si corrono dietro con la macchina, a volte la macchina esplode, quelli che erano dentro escono in strada completamente insanguinati. Altri film sono pieni di parole che non posso ripetere, ma che farebbero vergognare un marinaio da quanto sono grosse. Sono film che non vogliono dire niente, dicono solo parole e poi si spogliano. Le parole che dicono sono quelle che indicano le parti del corpo che dopo si vedono, che non è giusto vedere, ho buttato giú il televisore dalla finestra, per questo mi hanno multato, da allora mio figlio è diventato scemo.

Mio figlio dice che io e sua madre siamo pazzi, che non vuole piú abitare con noi perché siamo pazzi. Siamo andati a parlarne con un prete, ma il prete diceva che ci vuole pazienza. Gli abbiamo chiesto di benedirci la casa, il prete ci ha risposto che non era il caso di benedire la casa, che sarebbe venuto come tutti gli anni per Natale, di pregare che tutto sarebbe ritornato normale al piú presto, nostro figlio non voleva piú stare con noi la sera, abbiamo capito che ci sarebbe voluto qualcosa di piú convinto, non un prete semplice che non è in grado di risolvere i problemi della gente, nostro figlio era indemoniato, aveva l'anima piena di programmi televisivi di Raitre, specialmente a Raitre fanno vedere i morti all'ora di mangiare alle sette e mezza nostro figlio adesso non guarda piú Raitre adesso nostro figlio ha Raitre nell'anima.

Cosí ho comperato «Cronaca Vera» ho letto la pubblicità di un mago che è esorcista si occupa di questi casi siamo andati da lui ha voluto subito 250 000 lire perché non era un mago qualunque ma un esorcista con la pubblicità sul giornale la fotografia davanti alla sfera di cristallo.

Il mago ci ha detto se vostro figlio è diventato scemo certamente è posseduto da Astianatte. Mia moglie è scoppiata a piangere io gli ho chiesto chi è Astianatte il mago ci ha detto che per saperlo dovevamo comperare una candela che risolve casi simili al nostro perché saperlo cosí senza accendere la candela può procurarci la morte. Questo voleva dire che bisognava pagare altre 700 000 lire per una candela di media virtú, 1 200 000 per la candela della salute eterna.

Io ho pagato 1 200 000 lire cioè uno stipendio di mia moglie (io guadagno 145 000 lire al mese) e il mago ci ha dato la candela della salute eterna, l'ha accesa e faceva un odore di droga ci ha detto che Astianatte è un diavolo degli inferi e per scacciarlo bisognava fare immediatamente il rito del sale cioè 2 300 000 lire subito piú in omaggio una sfera di cristallo piccola.

Io gli ho detto che quella cifra era esagerata e allora quel mago ha detto una di quelle parole che dicono alla televisione che farebbero arrossire un marinaio che si sentono per strada da quando c'è la televisione che io non posso certo ripetere. Ho preso mia moglie e siamo andati a casa dove nostro figlio ci aspettava davanti alla porta non aveva le chiavi gli abbiamo detto entra pure vieni in sala lo abbiamo fatto sedere in sala gli abbiamo detto di stare calmo io gli ho dato un colpo in testa piano.

Allora lo abbiamo legato alla sedia mia moglie ha preparato la vasca da bagno l'ha riempita di acqua e di sale. Poi ha riempito diverse bottiglie di plastica di acqua e sale. Nostro figlio era rinvenuto e dopo che mia moglie mi aveva passato a una a una le bottiglie io aprivo la bocca a mio figlio con le mani mia moglie ci rovesciava dentro acqua e sale bevi tutto bevi tutto gli dicevo vedrai che il diavolo va via e risparmiamo anche i soldi per il rito del sale lo facciamo direttamente a casa noi come quando si fanno le lasagne ci vuole piú tempo forse ma fatto da sé è meglio nostro figlio beveva e beveva uno due tre quattro cinque sei litri di acqua diventava di un altro colore tutto ciò era riprova che aveva il diavolo nell'anima il diavolo della televisione Raitre alla fine l'ho buttato giú dalla finestra ha schizzato addosso a tutti i passanti moltissima acqua e un po' di sangue.

Drammatico caso nel mondo dello sci

Mio fratello è morto venerdí scorso.

Era uno sciatore famoso, davvero molto famoso.

Quando ha perso il controllo dello sci sinistro era in prossimità del traguardo.

Ha sbattuto la testa in mondovisione.

L'urto contro il paletto della fotocellula gli ha fatto perdere il casco.

Dopo aver rimbalzato sulla neve fresca il suo corpo scivolava a valle disarticolato.

Amavo mio fratello. Sono dei Gemelli.

Cosí ora, quando vedo alla tele il suo cadavere legato a un palo scendere sulla pista, piango.

Mio fratello rappresenta il primo caso di morto che si classifica terzo a una prova mondiale.

Grazie ai propulsori a ossigeno compresso trapiantati nella schiena la sua velocità attuale non è mai scesa sotto i livelli che abitualmente raggiungeva da vivo.

Due speciali sensori lo tengono costantemente al centro della pista.

Alle polemiche sul suo caso non voglio partecipare.

Ho staccato il telefono.

Non ricevo i giornalisti.

Vivo chiusa in uno sdegnoso riserbo.

L'altro ieri ho dovuto respingere un necrofilo che mi

chiedeva se anch'io, una volta morta, avrei continuato la carriera di scrittrice.

In balia dei personaggi piú assurdi mi difendo.

Quello che la stampa non potrà mai capire è la drammaticità della situazione.

Per noi tutti familiari è terribile vedere il cadavere di mio fratello gareggiare.

Del resto mai nessuno si è preoccupato di scoprirne le motivazioni.

Come se fosse scontato che in questo modo cerchiamo un differente approccio alla celebrità, anomalo quanto efficace, cinico ma incontrovertibile.

Vi giuro che non è cosí.

Vi giuro che avrei preferito seppellirlo subito, piuttosto che vederlo portato via sottobraccio da un inserviente del suo team alla fine della competizione.

Credo nei valori della famiglia.
Credo nei valori umani.

Ma come potrei dirvi che il contratto firmato da mio fratello con lo sponsor prevedeva l'esibizione televisiva del loro marchio fino alla fine della stagione se sempre per contratto la cosa deve sottostare al piú rigoroso silenzio in quanto la morte non è prevista da nessuna clausola.

Pam

1. *Pam in generale*.

L'ideale della mia vita è andare nella casa di un mio amico e farmi un sacco di seghe guardando giú dalla finestra le persone che passano per andare dove cazzo vogliono. Allora mi butto e dal balcone cado giú. Poi mi sveglio con la testa spaccata mi alzo da lí e vado a comperare delle cose da Pam.

Il mio sangue da Pam insieme al detersivo bianco al vino lo pulisce una o uno con della segatura sempre passa con lo straccio piú volte al giorno tutto il sangue che dovessi perdere da Pam sparisce e io mi sento un cliente normale con il carrello normale una vita normale lo spingo e passo di lí.

Da Pam ci sono i Tesori dell'Arca la pasta dell'Arca di diverso tipo con la confezione blu tutte uguali costano meno della Barilla della Buitoni.

Da Pam ci sono i surgelati normali dentro il frigo per i surgelati di pesce o di carne prima di arrivare alla cassa ci sono i filetti di platessa i bastoncini Findus e altri tipi di bastoncini.

Da Pam certe volte ci sono dei cestelli con dei libri che costano duemila lire l'uno dei libri di cucina molto grossi con uno sconto considerevole dei libri del terrore americani da duemila lire.

Da Pam certe volte all'angolo di dove ci sono i dolci c'è una ragazza che ti vuole fare provare una cosa che ti regala una confezione di latte da un quarto con una bella faccia che ricordo spero che non la cambino che ci sia sempre la stessa ragazza per farci una storia vederla ogni giorno se passo è lí a dare il latte gratis al posto dei dolci o comunque con un tipo piacevole di faccia, giovane.

Da Pam c'è sempre anche il bancone dei pesci con una testa di pescespada tagliata grande imponente rivolta con la spada verso l'alto dove ci sono le luci si sente la musica di David Bowie o altra musica durante una voce che continua a ripetere che da Pam c'è il tre per due oppure la nuova formula del due per uno ad esempio la pasta o un litro di salsa di pomodoro Sarella completamente buona se scaldata con il soffritto Star da prendere piú avanti o addirittura adesso il quattro per due con i filetti di tonno che non sanno di niente.

Da Pam c'è la coda in alcune ore del giorno ci sono molte casse aperte mentre in altre c'è il deserto è piú bello andare la luce bianca sembra piú forte piú bianca guarda se c'è il cioccolato con le nocciole se non c'è se c'è guardi di che marca è quanto costa se puoi comperarla tu di tua spontanea scelta prima di arrivare alla cassa dove ci sono ai lati se guardi vicino ai sacchetti dei cioccolati ma sono pochi non puoi piú scegliere se li vuoi devi prendere quelli non fai piú a tempo a tornare indietro hai meno libertà di scelta.

2 . *Il Pam mio specifico*.

Da Pam dove vado io c'è un gobbo che spinge sempre una trentina di carrelli assieme tutti assieme è un eroe che si snodano attraverso il supermercato fa una fatica tremenda cerca di tenerli in linea retta spingendoli con decisione cerca di spingerli tra i reparti.

Una volta gli ho detto gobbo che cazzo fai sempre la stessa cosa guarda che ci sono molte cose da fare lascia perdere fai qualcos'altro intanto la vita passa tu fai sempre la stessa cosa intanto la vita passa non te ne sei accorto dài fai qualcos'altro per piacere gobbo mi sento superiore a lui e vado avanti.

Lui mi dice perché tu cosa fai cosa vuole dire invece la tua vita cosa vuoi cosa vuoi.

Io gli dico voglio fare la spesa da Pam gobbo lasciami in pace che devo comperare la carta igienica che tu usi per pulirti i denti perché dici solo stronzate lasciami in pace gobbo che è meglio è senz'altro meglio che mi lasci in pace adesso devo andare a prendere le platesse.

Il gobbo mi dice che se dico ancora una parola mi spacca la testa mi fa vedere lui cosa vuole dire voi mancate di rispetto tutti e che mi fa vedere lui.

Dal Pam dove vado io soltanto hanno una specie di tonno che si chiama buzzonaglia che è più forte del tonno ma non è tonno è più scuro dentro una scatoletta bianca con la scritta blu buzzonaglia.

Quando la prendo mi chiedono sempre alla cassa cos'è dico se non lo sapete voi che la vendete perché devo saperlo io che la compero non glielo dico la prendano come ho fatto io poi dopo si vedrà cos'è.

Lotto numero sei

C'era mio padre sul divano

Mi chiamo Giovanni, sono un giovane della Bilancia. Ti racconto un fatto che è successo una sera.

Avevo fatto gli straordinari. Mi facevo un panino con la sottiletta. Guardavo la tele.

Una giornata di lavoro ti entra nelle vene, sai. Non capisci piú quello che fai, sei lí e guardi la tele. Una giornata di lavoro è diversa da te, vive al tuo posto una vita pazzesca, che non vuole dire un cazzo.

Quando rientro dalla fabbrica sono le dieci e mezza di sera. Apro la porta di casa e nessuno mi dice che cosa devo fare, vado in giro come un padrone dell'appartamento che io ho.

Quella sera sono stato fortunato, ho visto le fighe di un canale che non si vede sempre, a volte non si vede, si vede male, c'è sempre sotto il segnale di un altro canale, è il canale delle fighe.

Erano americane e alte un metro e ottanta, un metro e novanta, si toccavano la figa poi appariva un travestito, diceva il numero della videocassetta da ordinare e facevano di nuovo le fighe, interrompevano il filmato prima che lo prendessero in bocca con gli occhi chiusi delle troie vere incredibili.

Io camminavo per la casa e pensavo al sesso e domani.

Domani dovevo andare a lavorare, dovevo andare a fare benzina e a ritirare il lavoro, pensavo con il cazzo duro pazzesco, e c'era una cosa da prendere alla posta, mi era venuto in mente mentre quelle si baciavano la figa, mangiavo il panino con la sottiletta e avevo il cazzo come un coso del biliardo, alla tele si toccavano le punte delle lingue con le tette grosse, tette grosse assurde, dopo trenta giorni le raccomandate vengono ritirate.

Il cazzo mi esplodeva completamente, respiravo difficile, mi sono slacciato i pantaloni, la tipa usciva dalla piscina e aveva un culo come non esistono dove abito io a Genova, ma nemmeno in tutta Italia, non si capiva niente perché era in tedesco il pezzo di film che facevano vedere.

Passeggiavo cosí nella stanza buia, mentre mi stavo facendo una sega con quello che c'era alla tele, ma distrattamente, prima di andare a dormire, cosí per vedere un po' di figa spalancata, come faccio spesso.

Quando ho cercato le sigarette mi sono accorto che c'era mio padre sul divano.

C'era proprio mio padre sul divano, si era addormentato lí, mentre io avevo le mutande giú e mangiavo la sottiletta, mi è venuto da pensare se si era svegliato, gli ho acceso l'accendino vicino alla faccia per vedere se dormiva davvero ma dormiva, dormiva davvero, ho continuato a vedere la tele delle fighe americane.

In quel momento, nella stanza, tutto è cambiato.

C'era un filmato di culi che si leccavano la schiena dentro una caserma, nel quartiere c'è un culo, ha l'Aids, si fa chiamare Satana e non ha piú i denti.

Tu ti devi ricordare che quando si va con un uomo bisogna controllare che vita ha fatto, se no non ci vai. Oppure usa il preservativo. Gli omosessuali prendono l'Aids.

Meno male poi è finito e c'era una negra con il vibratore grosso nella figa. Continuava a metterselo, era
la piú bella negra del mondo, si era girata ma poi c'era
la pubblicità dei mobili, mio padre era lí che dormiva,
mi sono visto il culo della negra riapparire in tutte le
inquadrature, non c'era piú sotto il segnale dell'altro
canale, la negra era meglio di tutto quello che c'è, faceva diventare pazzi guardarla cosa faceva e si stropic-
ciava le tette negrone.

Il cuore mi batteva piú forte di sempre, devo dirti
che non capivo una minchia. Una voce dentro di me
mi ripeteva forte «va' dove ti porta il culo». Uguale al
titolo di un libriccino che legge quella che c'è sotto.

L'unica cosa a cui pensavo allora in quel momento
era proprio il culo di quella negrona sulla tele con il buco davanti di dietro che si vedeva lí negro ero diventato tutto sudato cosa potevo fare io senza fidanzata
con niente soldi. Per andare a troie cosa potevo fare
che sono un operaio cosí: «cosa altro posso fare» gridavo mentre tenevo la testa di quel cornacchione di
mio padre premuta contro il divano dopo avergli tirato giú il pigiama me lo inculavo alla dio brutto con il
telecomando in m

Lo yogurt

È bello comperare dei libri.
Una casa senza libri è molto triste.
Io ne ho 75.
Tutte enciclopedie, perché gli altri fanno disordine.
Molte hanno la copertina in tinta unica, altre, come la storia del fascismo o l'enciclopedia del pescatore moderno, sono di colori diversi.
L'edicolante mi tiene i fascicoli delle enciclopedie dei colori che gli dico. Io le faccio e le metto in casa.
Io, che ho tanti libri, sono Ugo. Ho quarant'anni. Sono del segno zodiacale dei Pesci.

Una enciclopedia che ho è la storia della filosofia. Se la volete leggere, bisogna sapere che all'inizio si capisce, poi no. Alla fine è complicata. All'inizio ci sono delle persone che spiegano che tutte le cose sono fatte di una cosa. Uno dice che tutte le cose sono fatte di acqua, l'altro che tutte le cose sono fatte di aria e cosí via.

Per me il mondo è fatto di yogurt e lo si capisce pian piano, con la maturità.
Da bambino non lo capisci, prendi le cose senza pensarci, metti via i soldi per comperarle e poi le usi, ci giochi senza pensare a cosa sono fatte.

Il bar che c'è giú, che resta aperto fino alle tre di notte, vende gelati ai gusti.

Sanno ad esempio di cioccolato. O di vaniglia. Poi di yogurt. Ma lo yogurt è semplice o all'albicocca o ad altri gusti. Questo perché l'albicocca sa sí di albicocca, essendo fatta di albicocca, ma ancora prima sa di yogurt, perché è fatta di yogurt, è yogurt all'albicocca da cui, dopo, traggono l'albicocca pura e la vendono, e cosí per gli altri gusti e le altre cose.

Prendi ad esempio le torte del Mulino Bianco. Vai a controllare gli ingredienti, se ce ne hai una in sala anche tu. C'è scritto che è resa morbida con lo yogurt all'albicocca.

Prima dello yogurt il mondo era duro, pieno di dinosauri e bestie spiegate nell'enciclopedia sugli animali preistorici. Gli uomini non mangiavano lo yogurt ed erano completamente scemi.

Erano bestiali. Pian pianino si è capito che è inutile litigare, perché tutto è fatto di yogurt, tutte le cose sono uguali e non vale la pena di prendersela troppo. Questa è la storia della filosofia spiegata per benino.

Credo che non tutti (quasi nessuno) sanno questa cosa. Per saperla bisognerebbe comperare dei libri che aiutano a pensare, non solo giornaletti pornografici e i romanzi d'amore delle donne, perché questi sono sí fatti di yogurt come tutte le cose che esistono, ma sono duri, sono preistorici, parlano di tutt'altro e uno non si accorge di come vanno le cose, scende in piazza a fare le manifestazioni con i comunisti, non compera piú lo yogurt, compera i dessert Galbani, li mangia senza pensare a cosa sono realmente fatti, si allontana dallo yogurt, passano gli anni e nel corso dell'esistenza non combina niente, va avanti nella vita cosí, senza né arte né parte fino a che muore e ridiventa yogurt.

Il sosia

Il mestiere che io faccio è il sosia di quell'uomo che si vede tutto ricoperto di gomma nel film di un regista che si chiama Tarantino intitolato *Pulp Fiction*. Tale personaggio da me imitato compare circa a metà del film di cui ho appena parlato, ma piú verso la fine, quando il poliziotto deve decidersi se incularsi il negro o il pugile.

È un personaggio facile da imitare in quanto non dice nulla, dura pochi secondi e non parla proprio per niente, tranne un grido soffocato quando il pugile gli dà un calcio alla fine.

Tale decisione di imitare questo personaggio è dovuta al fatto che non sono nessuno, ho un carcinoma in faccia e vestendomi tutto di gomma cosí:

1) Evito di mostrarmi in pubblico esibendo la deturpazione del mio volto cosí.

2) Posso sperare di partecipare alla trasmissione di Gigi Sabani *Re per una notte*, dove i partecipanti imitano personaggi famosi cantando loro canzoni.

3) Posso legittimamente aspirare di diventare uno dei protagonisti delle notti della riviera adriatica.

Il personaggio da me prescelto, comunque, non canta, ed è quindi piú semplice da rappresentare rispetto agli altri. Inoltre è da dire che tale personaggio non canta nel film dove appare per la prima volta. Nessuno può dire che non canti nella vita, oppure che non lo faccia nei prossimi film, caso mai ci andasse.

Tale scelta deriva inoltre da una mia considerazio-
ne alquanto ponderata in proposito.

Pulp Fiction è un film che hanno visto in molti milioni di persone, è pieno di violenza e piace ai giovani.
Cosí rappresento un simbolo di questo mondo nel quale io vivo, senza valori che non siano esplodere per sbaglio la testa a uno che c'è dietro in macchina.

Alcuni non mi riconoscono, non sanno il personaggio, anzi devo constatare che proprio molti non mi riconoscono affatto, e ciò è dovuto sempre a questi tempi, piú che altro essi sono pieni di distrazione, la maggior parte della gente non si ricorda il film che ha visto
e ne va a vedere subito un altro, dimentica i personaggi e li confonde tutti assieme, e diventa una specie di
flipper di cose che ha visto al cinema.

Questo è uno svantaggio a cui cerco di supplire spie-
gando a tutti quelli che mi chiedono perché mi vesto
di gomma cosí che sono il sosia di un personaggio di
gomma del film di un regista americano *P*

Non ho paura dei miei sentimenti

Sono Marco. Sono un uomo, giovane.
Ho solo cinquantadue anni, e come tutti gli uomini del Capricorno mi ritengo una persona ambiziosa. Sono il sindaco di camera mia.

Tengo comizi alle sedie.
Ordinatamente mi rispondono, senza darsi spintoni, senza affollarsi intorno alle telecamere.
Ascolto ogni voce che si alzi contro il mio mandato.
Senza nessuna discriminazione, dal poster del Milan alla foto di Claudia Schiffer chiunque può arginare lo strapotere che una personalità come la mia inevitabilmente ottiene tra tutte le prese della corrente che ci sono qui.

Sono stato sposato, ho avuto anche dei figli che ogni tanto mi mandano delle cartoline illustrate ma il loro falso sentimentalismo tradisce la disapprovazione per la mia ascesi nel mondo della politica.

Nulla di apocalittico nelle lenzuola.

C'è tensione nella polvere che si accumula dietro la scrivania, piccole sedizioni che non hanno riscontri televisivi.

A volte apostrofo un'anta dell'armadio, recalcitrante alla disciplina che una stanza deve avere.

Faccio sesso con il paralume, lo faccio di sovente, non ho remore nel dichiararlo, non ho paura dei miei sentimenti.

A volte apro una finestra, uccido un piccione, richiudo la finestra e la riapro.

Mi sporgo per vedere il cielo, non si riesce. Troppi piccioni ostacolano la mia opinione personale. Troppi si provano a debellare le mie proposte per una politica cagando lí. Sul davanzale di casa mia.

Nessuno è oltre il rumore dei miei passi convincente.

Compio percorsi di ogni sorta, disegno geometrie e paesi tra la stanza da letto e il bagno, segnando triangoli di progresso inesorabile a vedersi, a raccontarsi. In tutta la sua legittima forza di convincimento.

Un tempo ero comunista, ero tale perché era giusto esserlo, ora questo è superato, non lo sono piú e sono felice di aver scelto per il meglio, quando sbatto i tappeti so di avere scelto la cosa giusta, li sbatto con un'estrema attenzione al debito pubblico, come si è formato in questi anni, quanto naturalmente si espone all'opinione della comunità economica internazionale.

Il videoproiettore è mansueto, sotto il televisore è dentro la sua scatola mansueto, ma la sua serenità è fittizia, lancia segnali inquietanti, di smania... Vorrebbe soprassedere, veleggiare incontro all'anarchia dei soggetti degli oggetti.

Per questo non l'ho mai dissigillato.

Per questo non guardo le videocassette che compero pensando come potremmo vivere felici se qualcuno proponesse me, e non altri, al posto di direzione mondiale dei pensieri che ogni giorno cadono inutilizzati ai margini di tutte le conversazioni monetarie del mondo.

Per questo ho alcuni videocataloghi illustrati della

storia del nazismo, della pornografia sadomaso, dei relitti nel loro ambiente naturale, delle grandi star della pallacanestro americana, della fabbricazione domestica di mobili in legno di noce.

Per questo sposto spesso la macchina da cucire al centro della camera.

La spolvero secondo un duraturo progetto di espansione territoriale, che tenga conto dei proventi tutti.

Tutte le posate sono ferme nei loro posti convenzionali, affiancate da tovaglioli e tovaglie che sanno quali opzioni stasera vorrei proporre, una volta per sempre, ai vicini di casa, eminenti padroni del vapore.

Da sempre eminenti padroni del vapore.

Cip e Ciop

Sono un ragazzo buono e semplice, dei Gemelli. Ho fatto le magistrali a Como. Adesso lavoro nella ditta con mio zio.

La sera non esco mai, mi piace guardare la televisione un po', poi vado a letto. Tranne il sabato che esco con Riccardo.

Riccardo lo conosco da quando facevamo le elementari insieme. Eravamo compagni di banco in seconda e in quinta. Andavamo insieme a giocare a sparviero in piazza la sera. Alle medie ci siamo un attimino persi di vista. Poi abbiamo incominciato a uscire di sabato con la sua Punto.

Anche io ho comperato una Punto perché è italiana, per aiutare l'economia italiana in questo momento di disagio per tutti.

A volte, il sabato sera io e Riccardo invece di usare la sua auto usiamo la mia. Sono uguali. Piú corretto sarebbe usare un sabato la mia un sabato la sua.

Tendenzialmente usiamo sempre la sua. Andiamo verso l'autostrada. Tutta la settimana si parla in ufficio al telefono con la gente non si fa altro che parlare. Se un vigile ti ferma devi parlare. Se una persona per strada ti chiede che ore sono devi parlare. Se chiami l'idraulico devi parlare ma al sabato sera non è necessario comportarsi in questa maniera.

E al sabato sera Riccardo guida, io sto seduto al suo
fianco guardiamo fuori dal finestrino le macchine che
passano in silenzio superandoci continuamente.

Restiamo in silenzio una mezzoretta o due poi bisogna dire qualcosa Riccardo fa «Cip». Io aspetto sempre un qualche secondo, giro la radio per vedere se c'è
qualcosa su Radio Latte e Miele che fa solo musica italiana. Poi guardo la strada e faccio «Ciop».
La scorsa settimana eravamo sull'autostrada quando improvvisamente è successo qualcosa al motore. Sono sceso a controllare cosa fosse successo e Riccardo
mi ha seguito facendo, piano, «Cip».

Io gli ho risposto, un pochino piú forte, «Ciop»
(mancava l'acqua al radiatore). Riccardo e io ci sentiamo di solito il mercoledí sera. Quando finisce la cosa
su Canale 5 mi alzo dal divano prendo il telefono me
lo porto sul divano e chiamo Riccardo. Alcune volte mi
chiama lui.

Appena il telefono squilla l'altro immediatamente risponde perché sa che è l'altro che chiama per andare
insieme all'autogrill vicino Malpensa sabato. Appena
c'è la linea faccio, forte, «Cip».
Si sentono sullo sfondo i rumori della televisione prima che arrivi di rimando la voce di Riccardo che fa
«Ciop».

Quando usciamo, Riccardo è felice di essere giovane, con una mano guida con l'altra tiene in mano una
Adelscott e guarda fuori dal finestrino della sua Punto
le auto che passano nella corsia accanto alla nostra superandoci.

Ci superano sempre tutti perché viaggiamo nella corsia di emergenza in quanto è piú sicura se arriva un
Mercedes sei tranquillo, al sicuro, non sei tagliato fuori dalla vita nella corsia di emergenza.

Guardiamo assieme lo specchietto retrovisore e dopo una due orette Riccardo si fa allegro, vive tutta l'allegria di avere quarantaquattro anni e dice forte, come se è un rutto, «Cip». Allora anch'io sono felice di avere sessantadue anni, faccio una bella vita, non ho di che lamentarmi e dico «Ciop».

Nell'autogrill dove di solito ci fermiamo per passare il sabato c'è la macchinetta degli Smarties uguale cosí com'è credo piú o meno dal 1980. Non la cambiano mai. È una vecchia macchinetta con lo sportello rotto. Cambiano solo gli Smarties dentro e noi ne prendiamo sempre due scatole.

Gli Smarties sono una delle cose piú belle di quando ero un attimino piccolo, cioè di quando avevo sette otto dieci anni. Adesso la scatola è diversa ma essenzialmente gli Smarties sono gli stessi.

Smarties sono sempr

Lotto numero sette

Noi

Mi chiamo Maria, ho ventisette anni e sono del Toro. Possiedo una collanina d'oro regalatami da mia madre quando ho fatto la prima comunione.

Sono sposata con un ragazzo di trentadue anni, Giacomo, che fa l'elettricista in Milano.

Non ci piace abitare a Cormano perché nel nostro palazzo ci sono i muri che sembrano fatti della Scottex di una volta, a un velo solo. Adesso la carta igienica la fanno a due veli, è molto piú resistente di una volta, mentre i muri del nostro palazzo sono come carta igienica che non serve piú a niente, sono completamente inutili.

Per questo qui nessuno parla piú con nessuno. Il signor Caratti del dodicesimo piano sa che tutti sappiamo che lui dice a suo figlio ogni volta che torna da scuola che va male a scuola. Per questo lo punisce facendogli vedere sempre lo stesso film porno che tutti noi ormai conosciamo bene a memoria infatti dopo quattro minuti di conversazione iniziano a scopare sono un uomo e tre donne. Con la scusa del film e dei cattivi risultati a scuola il signor Caratti ne approfitta per violentare suo figlio gli dice di non gridare per non farsi sentire dagli altri in realtà lo sentiamo tutti. Sappiamo che cosa fa e lui lo sa benissimo.

Sappiamo tutti che i testimoni di Geova del quinto piano spacciano non so che cosa sono testimoni di Geova per finta la signora Dello sente che cosa dicono le persone che vengono ne vengono in continuazione.

Noi sappiamo tutti che il tipo del quinto piano in faccia ai testimoni di Geova tira dei calci in culo a sua madre le dice tutti i giorni stai zitta brutta troia schifosa per farsi dare i soldi per andare alla partita dell'Inter come se ci fosse la partita dell'Inter tutti i giorni è tifoso dell'Inter è disoccupato ha due lauree ha quarantadue anni e tira dei formidabili calci nel culo a sua madre ogni sera.

E sappiamo perfettamente che i Medelino dell'ottavo piano fanno delle cose strane quando mangiamo fanno l'amore lo fanno in modo strano lo si capisce da come li guardano gli altri del condominio quando li incrociano alle due del pomeriggio non si può vedere la televisione in pace perché lei inizia a gridare lui le dice adesso ti metto la telecamera dentro il culo ti faccio godere con la telecamera dentro il culo perché evidentemente si riprendono con la telecamera o cose del genere quando fanno l'amore.

Il nostro caseggiato è completamente diverso da come si vede sul settimanale «Noi». Quando facciamo l'amore non c'è nessuno che ci vuole riprendere per pubblicarci su un giornale, al limite i Medelino si riprendono da soli quando fanno l'amore. Inoltre nessuno viene intervistato per dire cosa ne pensa del successo, io credo che il successo è come quando hai i muri di Scottex, e in qualunque posto del mondo vai ti senti a Cormano, anche quando caghi gli altri lo sanno, noi non abbiamo bisogno di diventare famosi per cagare cosí.

Gesú Cristo

Dovevo scongelare Claudio, il freezer era tutto incrostato perché da quando lo ho comperato non mi sono mai preso la briga di pulirlo, cosí il sangue di Claudio, uscendo dai sacchettini, ha sporcato giú tutto il mio freezer.

Claudio era un tipo molto sanguigno, un sindacalista.
In fabbrica ogni discussione era sua, quando iniziava a parlare non lo potevamo fermare, credeva di avere ragione su tutto, continuava a parlare perché non smetteva di leggere i libri che aveva in stanza.

Molti del Toro fanno cosí.
Offendono gli altri. Vogliono cambiare le cose, non capiscono la forza di un uomo che un giorno di gloria è resuscitato per noi.

Allora non serve parlare o fare male agli altri. Un giorno tutti saremo salvati. Un giorno la gente guadagnerà tre milioni a testa senza stronzate.

Si parlerà con gli animali. Le ciminiere saranno fiori e nessuno si ammala. Questo Uomo è Gesú Cristo.

Mi è dispiaciuto surgelare mio fratello ma bloccava la pace che è in me, la tranquillità della gente che lavora, perché il baccano che faceva quando guardava i

programmi politici nel periodo delle elezioni o durante tutti i telegiornali, non capivo molto, facevo confu-
sione.

Allora mi gridava che ero un servo, ma io stavo zitto perché non sono uguale a lui, ho un mio carattere.
Da quando era sulle stampanti mio fratello era piú
sindacalista dell'anno scorso. Il mio nome è Ivano, ho
cinquant'anni e sono del segno dei Pesci.

Pregavo che Dio lo mandasse sotto un autobus, una
sera prima di venire a casa, e non mi rompeva piú.
Cosí una sera mentre lavava i piatti gli ho sbattuto
la testa contro il muro fino a che non è morto, e il mondo era piú libero da ogni maleducato.

Ho spento la tele e preso una scatola di Brothergeel,
con sopra un disegno dei pinguini al polo nord ma forse il polo sud.
Gli ho tagliato le ossa con il coltello elettrico che re-
galavano alla gita al santuario di Padre Pio a diciottomila lire insieme alla pasta e una sciarpa che aveva preso lui.

Le ho messe dentro i sacchetti di plastica ma senza
gli elastici, che non c'erano.
Poi ho buttato via i suoi libri rabbiosi, ora che era
morto non li leggeva piú e io stavo meglio, lui stava nel
freezer e un giorno sarebbe resuscitato insieme a tutti
gli altri, e per intanto non mi rompeva piú i coglioni.

Il sangue d'uomo come quello degli hamburger con
la paletta non viene via, è come se si è fuso al freezer.
Allora ho scongelato tutto, ma cosí mio fratello andava a male, ho fatto corto circuito e mi sono ucciso.

Quando mi sono risvegliato ero nell'ospedale e c'erano i carabinieri. Non era l'aldilà e mi faceva male la testa, mi faceva male tutto e v

Carla Bruni

Sono un ragazzo di trent'anni. Mi chiamo Lucio. Sono del segno del Cancro. Laureato.

Mi piace guardare Roberto baffone.

Mi piace, prima di uscire per il secondo turno, sentire la sua voce aggrapparsi alle parole, come uscendo da una caverna, mentre uno sconosciuto, alle sue spalle, piega la scala nell'ennesima posizione che questa può assumere, senza nessun bullone da svitare, semplicemente usando le mani.

Le grosse mani di Roberto muovono la scala come uno scultore trae dalla pietra il suo lavoro.

Mani nervose e precise, che sfiorano la struttura di metallo nella consapevolezza che chiunque, per 143 000 lire, può ripetere quelle gesta, cavando un ponte da uno sgabello, forgiando questo a guisa di tavolo da lavoro che accondiscende a divenire, ancora una volta, altro da sé.

Prima di essere deposta nel proprio angolo, occupando una limitatissima porzione di spazio, consentendovi incredibili risparmi di tempo, la scala di Roberto funge da tutto ciò che una normale scala in alcun modo può essere progettata a essere.

Anche per questo, quando mi abbandono nell'eco delle parole di Roberto, un torpore mi invade, e come il sogno di un'altra vita prende forma di là dello schermo televisivo, metafora di ciò che sarei se fossi stato diverso da quello che sono.

O che forse non sono mai stato.
Come se ciascuno di quegli scalini lucidi trascendesse, e l'ascesa non fosse diretta verso la controsoffittatura, ma oltre questa storia di caporeparto.

E Roberto, mago e dio di un'altra prospettiva esistenziale, a ogni scalino della sua scala mi svelerebbe che io, in un'altra dimensione, piú sottile, piú reale, non sto guardando la tele a Cinisello Balsamo, ma concretamente annegando tra le cosce di miele di Carla Bruni sento l'acqua salmastra del mare infrangersi vicina, piú vicina di quanto adesso non senta mio figlio russare.

E quell'acqua salata diventa il whisky che bevo davanti a un camino in una villa che è mia e alla quale hanno accesso solo donne che nessuno con il mio reddito può permettersi ma io, io che nulla può fermare, io sí.

Perché io attendo soltanto che qualcuno di molto importante si accorga di quello che valgo, e quel giorno i miei figli e mia moglie, i vicini e chiunque di fronte a me si presenti sarà ridotto a servizievole pubblico acclamante.

Oltre la tele e ancora piú in là ne decifro l'incantesimo delle parole e dei sogni, nel loro nucleo duro.

Chiunque può farlo fermandosi ad ascoltare il respiro che divide le parole di Roberto baffone, o quando, pur girando canale, qualcosa rimane per poco all'interno della stanza, sovrapponendosi ai rumori del mondo.

È il mio nome, il mio nome quello che Roberto segretamente declina in tutte le sfumature, in tutti i

significati che una lingua può assumere, cosí che io
ne scelga la collocazione, inventandola nella maniera che

Jasmine

Mi chiamo Marco e sono un bel ragazzo dell'Acquario.

Per fortuna i miei genitori sono andati nei verdi prati del Walhalla e con i soldi dell'eredità ora posso condurre un'esistenza degna di essere vissuta.

«Nuovo studio Jasmine giovanissima bella massaggiatrice esegue massaggi stimolanti ti mando in paradiso. Ambiente riservato. Esigo distinti. Dal lunedí al venerdí h. 10.30/19.30»: rispondendo a questo annuncio ho conosciuto un giorno Jasmine.

Jasmine, una bellissima ragazza americana bionda tipo Moana Pozzi la pornoattrice che ora è morta ma continuo a farmi le seghe guardando i suoi film perché fanno sempre vedere i suoi film anche se è morta.

Per un milione a nottata Jasmine accetta di essere portata in albergo di prenderlo come cazzo ti pare tre quattro cinque sei volte io una volta mi è capitato ho sborrato sei volte solo un milione.

A Pasqua le ho proposto di fare una cosa.

Mio fratello era stato piantato dalla sua donna, Ariete. Pensavo di distrarlo da quella cosa recapitandogli un uovo a sorpresa una sorpresa diversa, forte, interessante. La sorpresa sarebbe stata Jasmine dentro l'uovo di Pasqua. Jasmine accettò per cinque milioni massimo otto ore.

Mi misi d'accordo con il pasticcere di via Boscovich. Preparò due semi-ovali di nove chili di cioccolato ciascuno.

Jasmine si sdraiò dentro uno di questi rovesciato sul tavolo. Saldammo il tutto e Jasmine era pronta per essere recapitata era tutta nuda.

A Milano il sabato pomeriggio c'è molto traffico.

Dentro l'involucro che avvolgeva il cioccolato che circondava il corpo di Jasmine c'erano liquidi di Jasmine. Portammo il pacco di Jasmine a mio fratello.

Quando mio fratello aprí la porta scorgendo l'uovo pensò subito a una trovata delle mie da ragazzo gli avevo regalato due arnie per le api. Aprí impaziente.

Jasmine era morta. Aveva il volto paonazzo, con il cioccolato appiccicato sopra. Non potevo piú prenderne un'altra.

Intanto, era ancora calda. La issammo sul tavolo della cucina e mio fratello si tirò fuori il cazzo. Ciucciò un po' il cioccolato che sapeva di quella troia.

Glielo spinse nel culo mentre io mi strofinavo la cappella sopra le ciocche belle che c'erano nel semi-ovale insieme alla testa e tutto e il cioccolato del pasticcere di via Boscovich.

Jasmine è un maiale, non si butta via niente. Le aprii la bocca e le misi dentro il cazzo. Il fatto che avesse deglutito la lingua rendeva il chinotto piú interessante. Io non avevo speso, per niente, cinque milioni. Infatti la bocca di una morta ha una temperatura congeniale al prolungamento del coito. Venni dopo undici minuti abbondanti. Quando l'orgasmo mi scosse tutto la afferrai per i capelli scuotendola cosí come facesse l'ingoio.

Dopo un'ora di queste cose eravamo rotti e misi Jasmine dentro un sacco della spazzatura che aveva mio fratello in casa.

Lo legai con il fiocco dell'uovo e portai Jasmine alla discarica.

Sentivo Jasmine andare giú dalla scarpata. Andai da Quinto a prendere un gelato da diecimila.

Quando si spaventano sono fortissimo

A me, che sono dello Scorpione, piacciono le ragazze.

Cosí mi vesto da Diabolik e le palpo, quando è sera e Trieste sembra un cartone animato pieno di vento.

Vento e carne profumata, lasciata libera veramente di uscire, con i vestiti di oggi, quelli che fanno vedere la roba.

Vedere tutto questo, io che sono da solo, e al mercato mi annoio, non è un film americano pesare la frutta, contare il resto da dare, se hanno preso lo scontrino, fare le bolle quando vado via.

Io che ho comperato una tuta da ginnastica aderente e nera. L'ho pagata sessantacinquemila lire.

E le calze Omsa per cappuccio, di mia sorella, non so quanto costano, ma si rompono, cosí me le sono dovute comperare io.

Alla commessa spiegavo che erano per mia moglie, che avevo una moglie bella, e la volevo ancora piú bella.

La volevo vedere. Quando tornava la sera e facevamo l'amore, sul divano, sul tavolo.

Quella commessa era giovane come una fotomodella.

Quando alle sette del mattino arrivavo al mercato pensavo alle donne. Perché mi fanno impazzire quando chiedono un etto di basilico, e io sorrido. Sono gentile. Ma vorrei di piú di quello che chi non è Diabolik non può baciare.

Fare l'amore. Avere centinaia di rifugi magici. Sotto Trieste. Sotto tutta l'Italia.

E automobili, donne bionde con i gioielli. I diamanti che le ho regalato perché posso farlo. Un mondo che amo tantissimo, dove ho tutto.

Aspettavo fuori dalla discoteca, vestito da Diabolik, con l'Alfasud nera.

Annusavo le mutandine delle altre, quelle che avevo già colpito, per caricarmi. A volte è come un sogno, mi stordisco, le lecco, le strappo, ne mangio dei pezzi. Fino a quando non escono dalla discoteca.

Sono vestite da troie.

Mi fanno morire con i capelli neri. Allora sono Diabolik, il terrore di tutti i commissari di polizia, prendo il coltello e quando sono da sole minaccio di farle sanguinare, gli chiedo di togliersi le mutande e gli mostro il cazzo.

Quando gridano sono fortissimo, capiscono che sono Diabolik.

Dico di farmi vedere la figa, voglio vedere. Nelle videocassette è diverso. Fanno subito i pompini e ti leccano anche i coglioni. Queste hanno piú paura.

Certe volte riesco anche a farmi fare una sega.

Altre scappano troppo veloci.

Evaderò da questo carcere perché nessuno può fermarmi.

Forse non è nemmeno vero.

Forse mi sveglierò dal sogno. In una villa americana. Sarò dentro una piscina a forma degli occhi di Diabolik, nascosta dove nessuno può scoprirla, con le telecamere dappertutto, con Claudia Schiffer e tutte le altre, non questo aspettare l'ora d'aria.

A me non viene a trovarmi nessuno.

Alle medie avevo moltissimi amici. Adesso ho visto la mia foto sui giornali. Avrei preferito se mi facevano posare con il vestito di Dia

Lotto numero otto

Neocibalgina

Quando ci troviamo, io e i miei amici parliamo di Neocibalgina. All'inizio non era tutto cosí chiaro. A capire fu Giuseppe. Quindici anni. Bilancia. Mi telefonò una sera, saranno tre mesi. Mi disse di mettere subito su Raidue. Girai canale. Vidi un ragazzo. E una ragazza. Una moto. La campagna. Nei loro sguardi la gioia di essere giovani. Neocibalgina.

Ricordo la musica accattivante, ora cambiata. Impossibile descrivere l'emozione che provavo ascoltandola. Ed era penoso, a tavola, sentirla all'improvviso, senza che il flusso di stupidaggini di mia madre finisse. Allora le parole di mia madre pesavano, piú delle sberle che mi dava da bambino, e volevo con tutto me stesso che scomparisse, e rimanessimo soli. Io e la televisione.

Cercai il disco di quella musica in tutta Roma. Di negozio in negozio frugavo tra i compact cercando il disco di Neocibalgina. Nessuno lo aveva. Forse c'è uno Stato centrale che sequestra i dischi cosí belli. Forse qualcuno che comanda, che sta sopra di noi non vuole che la gente sia felice.

A scuola, Michela mi mostrò la scatola. L'arcobaleno era tutti i colori dei nostri ideali. Iniziai a prendere Neocibalgina tutti i giorni.

Il mal di testa subito spariva. Se non l'avevo prendevo lo stesso Neocibalgina, ed era bello perché resta-
va la bocca un po' impastata, avevo qualcosa di cui parlare con gli amici.

Alle quattro, in piazza delle Fontane, confrontava-
mo le nostre esperienze. Michela era il traino della compagnia. Si sedeva, estraeva la scatola dalla tasca e raccontava quante Neocibalgine aveva preso. Noi tutti
ascoltavamo con attenzione. Pur sapendo che a volte
esagerava, era difficile che qualcuno osasse interrom-
perla. Era cosí bella la sua voce.

Ricordo come fosse ieri la prima volta che chiesi, in
una farmacia, Neocibalgina. Fu piú forte di quando
comperai l'Oransoda. Avevo dieci anni, a dieci anni
non si beve Oransoda. A sedici, del resto, non tutti
hanno capito cosa vuole dire comperare Neocibalgina.
Fatto sta che era emozionante guardare la farmacista
che mi guardava mentre chiedevo la medicina della mia
generazione.

Poi, sempre piú, silenzio. Gli spot si ridussero no-
tevolmente alla Fininvest. Quasi nulla alla Rai. Cosí alcuni disertarono il gruppo. Tutto ciò mi sembrava folle. Neocibalgina era dentro di noi, questo cercavo di
fare capire, la televisione aveva soltanto lanciato il messaggio.

Noi viviamo per raggiungere la felicità. Michela mo-
tivava la crisi con l'alternanza normale dei cicli. Qualcuno, suggestionato dall'austero pacchetto delle aspi-
rine, cercava il brivido della trasgressione. Adulto an-
zitempo, sarebbe tornato da noi. Altri, piú portati per
le cose effervescenti, probabilmente stavano sprecan-
do la loro adolescenza con Aspro.

I giovani devono stare uniti. Prendere le stesse cose. Adesso siamo solo io, Michela e Giuseppe. Piazza

delle Fontane è sempre piú triste. Ci guardiamo negli occhi e sappiamo di avere in tasca un rimedio per i dolori mestruali. Ciò riguarda evidentemente Michela. Giuseppe, che fuma molto, con Neocibalgina può fumare anche tre pacchetti al giorno, gli passa.

La frigidità dell'aria del mondo

Le luci psichedeliche rendevano i corpi astratti.

Al bordo della pista io vedevo apparire le gambe, le stimavo con tensione indescrivibile.

L'odore di sudore dava sostanza alle masse bionde di peli che il ballo faceva evolvere a ritmo, fluidificandole poi nel desiderio spiazzante di essere sciolto in un unico, pulsante corpo che gode di avere diciotto anni.

La frigidità dell'aria del mondo era parcheggiata fuori dalla discoteca.

Ma anche lí mi sentivo piú solo che mai.

Mi chiamo Enrico, ho vent'anni, sono del segno dei Gemelli e l'anno scorso sono andato in vacanza all'isola d'Elba.

Matteo mi diceva che all'Elba rimorchiare era facile.

Io avevo un preservativo in tasca e stavo seduto su un divano bevendo birra vicino a una coppia che si baciava sfiorandomi e sentivo i violini che s'impennavano sul finire di *Papa Don't Preach* e piangevo.

Quasi piangevo ed ero eccitato.

Era che la voce di Madonna mi sembrava molto grande, fisicamente espansa nella mia anima, diciamo una cosa indescrivibile, che volevo mia per sempre e avevo bisogno di una ragazza che mi tenesse le mani, che mi facesse un pompino.

Ero vestito abbastanza bene e avevo la camicia gialla di Armani che Matteo mi aveva prestato.

Chiudendo gli occhi ascoltavo il mio stomaco dirmi
che lui con me, con la mia storia non c'entrava, ribel-
landosi, come portando dentro di sé la batteria elettro-
nica che attorno cingeva i nostri destini, i destini di chi,
avrei voluto sbottonare una camicia e sgusciarne i seni
contratti al mio tatto, avevo mal di testa e fumavo.

Una tra tutte mi colpiva.
Una con i capelli lunghissimi, rossi, e una tuta aderente, nera, che ne metteva in mostra la bellezza.
Ogni tanto tornava, e l'avevo vista passarmi accanto piú volte fino a quando rimasi sulla pista.

Anche Matteo lo rivedevo, ma poco, perché era quasi sempre a fare storie di fumo e, lui diceva, a limonare con una di Bologna che gli aveva fatto anche toccare la figa.

Quando, rientrando a casa, mi passò sotto il naso il
suo dito indice per farmi sentire l'odore di figa a me
sembrava che se l'era messo nel culo.

Lui faceva il PR per diverse discoteche di Milano e
sapeva trattare con le ragazze, ma non credo che ri-
morchiasse sempre.
Era triste quanto me, quella sera.
Cosí, arrivati nell'appartamento che avevamo affit-
tato per le vacanze, iniziammo a bere amari mentre cer-
cavamo dei porno alla televisione.
Su Videomusic c'era il video di *Paranomia* degli Art
of Noise che mostrava la faccia di un uomo compute-
rizzato appoggiata a una sedia a rotelle, su Raitre un
film in bianco e nero.

Camminavamo per la casa con il cazzo in mano ed
eravamo ubriachi, cosí ubriachi che quasi Matteo mi
vomitò in faccia mentre mi chinavo tra le sue gambe
per leccargli la cappella.
Credo che avessimo bevuto piú di due litri di birra

a testa, una bottiglia di Don Bairo e una di Martini Rosso.

Non avevo mai succhiato un cazzo in vita mia perché mi piacevano le donne, ma era almeno qualcosa e poi mi avrebbe fatto una pompa lui.

La televisione era finita da un'ora quando non sopportai piú quel rumore fastidioso e cosí alto che mi sfilai il suo affare dalla gola per andare a spegnerla.

Mi ricordo, ecco questo me lo ricordo, che andando in sala vidi la luna dalla finestra uguale a quella che si vede nella copertina della colonna sonora di *Birdy*.

Speravo che Matteo non mi sborrasse all'improvviso in bocca perché non volevo berla, glielo dissi e lui fu molto gentile dicendo che me lo avrebbe succhiato un po' lui.
Io mi misi a cavalcioni sulla sua fac

Hamburger lady fa la raccolta punti

La gente mi chiama Hamburger lady. Il mio vero nome invece è Giovanna Tamalo (22 anni, Bilancia).

La gente mi chiama Hamburger lady perché una volta stavo friggendo le Spinacine e mia madre mi ha toccata dentro con il braccio (mia madre era lí che friggeva i cosi ripieni della Findus di ogni tipo di verdure) e sono finita con la faccia dentro l'olio delle Spinacine.

Mi sono ustionata e da allora la mia faccia è orribile. Per questo la gente mi chiama cosí.

A me di tutto questo non importa nulla perché sto facendo la raccolta punti della Star.

Con 100 punti si vincono un piatto piano, un piatto fondo e un piatto da frutta.

Con 150 punti si vincono tre tazzine da tè con piattino.

Con 200 punti si vincono una coppa piú quattro coppette per la macedonia.

Con 250 punti si vincono sei tazzine da caffè con piattino.

Adesso ho 700 punti Star.

Con i nuovi punti della Barilla (che da qualche mese si chiamano punti-farfalla) e ce ne sono 3 sulle confezioni di pasta fresca ripiena; 2 sulle confezioni di pasta di semola integrale da 1 kg, sulla pasta integrale, sulle Fantasie, sulla pasta all'uovo, sui tortellini, sulla pasta fresca e gli gnocchi, sui sughi da 200 g e sulla piz-

za; 1 sulle confezioni di pasta di semola da 500 g e sui
sughi da 400 g e 680 g – con tutti questi punti Barilla,
dicevo, e ne ho già la bellezza di 900, perché me li faccio dare anche da mia zia Ramperi Maria, che compera solo Barilla, e dalla mia vicina Iole Tancheri, che fa
l'infermiera al Fatebenefratelli, ha tre figli di cui uno
laureato alla Sorbona, una università a Parigi, e mi dà
tutti i suoi punti – stavo dicendo che si può vincere,
già con solamente 58 punti (piú o meno trenta scatole
di pasta fresca ripiena, e non è molto, se considerate
che per vincere un portapane in ceramica bianca del
Mulino Bianco servono 44 confezioni di Pangrí) la bellissima Fiamminga, che serve per portare in tavola i
piatti piú speciali, si presenta bene in tavola per tutte
le grandi occasioni, è in porcellana e la si ottiene con
82 punti in meno rispetto a quanti ne occorrono invece per il Frullymix (per averlo ci vogliono 140 punti an-
ziché 180), e d

Baghdad

Proprio come pensavo. Tutti i telegiornali dicono che adesso c'è la guerra. Ho caricato mia moglie sull'automobile, i miei figli, il cane e siamo andati all'Esselunga.

Sono Giovanni, ho trentotto anni. Sono del segno del Cancro. Compro il tonno con le mandorle, ne compro venti scatole, se c'è la guerra non si può uscire come prima.
Ne prendo in confezioni da centottanta grammi, le metto nel carrello.

Paolo non va bene a scuola, ha quattro in matematica, non studia abbastanza.
Ma adesso gli accarezzo la testa, non lo faccio mai, è bello avere un figlio, prendo le buste di tè alle mele, le buste di tè verde, di tè al limone.

Ho visto le fotografie della bomba atomica, so com'è morire come una sottiletta attaccata al cielo.

Compero le girelle alla frutta, le girelle al cacao.
A Baghdad fanno gli scudi umani, difendono i depositi di armi con Cocciolone.

Su Raidue si vede meglio.
Io torno dal lavoro quando inizia il telegiornale.
Ma questa guerra, di notte, si può ascoltare a volume alto, la guardano tutti.

Anche se spendo due milioni, forse è l'ultima spesa
che faccio, la faccio di cuore, compero le trofie e gli zi-
ti, le mezze penne e i tortiglioni.

La prima cosa che sparisce è la pasta.
Dopo, il sale.
Ciò dipende dall'economia, è un sistema mondiale
delicatissimo, e come scoppia la guerra da una parte
della terra tutte le altre ne sono informate, e ugual-
mente la pasta diventa di difficile reperibilità.

Per sicurezza prendo anche i sofficini e la birra, piú
di sei confezioni da dodici, prima che finisca ne prendo di nuovo quattro, Paolo recupera un altro carrello.

Un tempo i guerrieri si uccidevano, ed era finita lí.
Per esempio, se un crociato ammazzava un arabo, in
America nessuno sapeva nulla.
Il crociato, del resto, non sapeva che esistesse l'Ame-
rica.
Oggi non solo sappiamo che c'è la guerra, ma a Ba-
ghdad hanno avuto inizio i bombardamenti.

Se l'Iraq invadesse l'Italia cambia tutto.
Una guerra non sai quando finisce, quanti morti ci
saranno, quanta spesa devi fare.

Non si capisce se la colpa è di tutti, quando am-
mazzano.
Io compero i würstel al formaggio americani, i filetti di sogliola, le mozzarelline, delle scatole di bicarbo-
nato, la farina integrale, le pile per lo stereo, dieci pac-
chi di caffè, le rav

ompero i bicchieri di nutella, i

Protagonisti

Mi chiamo Matteo Pirovano e ho ventidue anni. Appartengo al segno dell'Acquario.

Pur avendo elaborato interessanti dottrine cosmologiche, fino a poche settimane fa la mia vita scorreva come qualcosa di estraneo, era un mistero di cui non riuscivo a trovare la soluzione. Per questo andavo male all'università. Per questo non riuscivo a trovare una ragazza. Ora le cose cambiano a una velocità di cui io stesso mi stupisco. Ora guardo sempre *Protagonisti*.

Va in onda ogni giorno alle 19. Pubblico che ti guarda, nient'altro.

Pubblico competente, bella gente: *Protagonisti* è il programma che ti mette al centro della scena. *Protagonisti* è il vettore attraverso il quale ogni giorno il mio successo si incunea nel cuore della gente.

Quando termina la sigla iniziale e le oltre trecento facce di esperti e di belle ragazze mi guardano dallo schermo inizio a parlare. Quelli mi seguono interessati e snocciolo le mie teorie con la consapevolezza di quanto io stesso valga.

Sono Monica, ho ventiquattro anni, sono del Toro e seguo *Protagonisti*.

Protagonisti mi ha fatto riconciliare con l'Italia. Detestavo il mio paese. Ogni estate andavo in Irlanda a fare la cameriera. L'anno scorso sono rimasta incinta e ho abortito.

Il mio corpo non ne ha risentito. Ho sempre delle belle tette. Le esibisco a *Protagonisti*. Ballo e canto con grande talento. Colgo negli sguardi del pubblico di *Protagonisti* l'attenzione che a me sola è data.

Allora capisco che non devo piú andarmene perché solo in Italia ci sono programmi cosí.

Mi chiamo Stefano Aleardi e sono consulente in una grande azienda. Ho trent'anni, Sagittario.
Le soddisfazioni non mi mancano, ho una bella macchina e un cane di ottanta chili, un mastino di nome Anufi.
Ma il sogno della mia vita è sempre stato essere un artista.
Cosí alle diciannove sono davanti allo schermo.

Sono applaudito. Faccio dei giochi di prestigio molto elaborati, senza commettere errori. E sono vere soddisfazioni quelle che si provano a essere apprezzati non solo per le proprie capacità professionali.
Anufi scodinzola e vorrebbe che il programma non finisse mai.

Sono Cristina Cardo, ho quarantotto anni, segno zodiacale Vergine. Lavoro alla Coop. Con me i clienti sono sbrigativi, e soffro nel rendermi conto che non è poca la gente disposta a fare la coda pur di andare alla cassa di Maria. Maria è giovane e bella, mentre io sono troppo bassa e ho un'emiparesi facciale.
Ma quando smonto dal lavoro rientro a casa e indosso il vestito di seta che la buonanima di mia madre aveva ricamato a mano per il giorno in cui mi sarei sposata. Non mi ha sposata nessuno perché faccio schifo.
Ma *Protagonisti* sa guardare nel fondo della mia anima.

E allora nessuna regge al mio confronto.
Quando, alle diciannove e trenta, il programma termina tra gli applausi scroscianti del pubblico ringrazio e m'inchino.
In quegli istanti non vorrei lavorare mai piú alla Coop, vorrei vivere sempre davanti alla televisione, perché solo la televisione è umana.
Perché solo *Protagonisti* mi stima.

Mi chiamo Ignazio Bottura. Ho trentasei anni. Faccio l'elettricista. Sono del segno del Leone.

Mi piacciono i cazzi ma se il mio principale sapesse della mia omosessualità verrei licenziato.

Cosí devo fingere fino a sera. Ma alle sette, quando sono da solo in casa, quando i miei colleghi non possono offendermi con le loro stupide barzellette, quando ogni discorso sul campionato svanisce come un'eco lontana, indosso le calze a rete della Omsa indosso il reggiseno Lepel inizia *Protagonisti*.

Guardo la gente che mi guarda e mi sento donna, sono la francesca dellera del mio palazzo sono quello che non posso mai essere che realmente sono

mi tocco.

Tocco i miei fianchi ancheggio.

Una marea di applausi mi travolge.

Sono Giovanna Campidoglio, ho trent'anni, della Vergine, coniugata.

Il mondo corre dritto verso la sua fine. Nessuno accoglie piú il messaggio di Gesú Cristo.

Lo dico sempre a *Protagonisti*. Lí trovo persone interessate allo spirito. Mio marito invece non mi ascolta. Mangia, guarda la tele e vuole fare l'amore. Ma quello non è amore.

Lo spiego in modo approfondito a *Protag*

Il fantasma dalla f*** azzurra
e altre storie moderne

Fuffi

C'era questa mitica estate. Io stavo col mio bomber vicino all'ombrellone seduto. C'era il sole che spaccava la figa alle vongole. Quarantadue gradi all'ombra.

Ero in erezione dalle due. Erano le sette. Avevo il bomber lí vicino appoggiato allo sdraio. Io ero appoggiato allo sdraio. Mi chiamavo, mi chiamo Guido Consoli, ho ventidue anni e penso politica.

A seconda di chi trovo penso destra sinistra. Se è una figa di sinistra svedese penso sinistra. Se è una figa tedesca, una nazistona tedesca penso destra, del tutto estrema destra.
Sono campione di motociclismo del Lorenteggio. Sono Guido Consoli: ricordati il mio nome, perché devo raccontarti una storia, che io ho avuto.

C'era questa mitica estate, l'anno scorso. Io avevo le ferie ad agosto, ero andato a Riccione con il bomber anche se ci sono quarantadue gradi me lo sono messo per fare vedere che lo avevo, il bomber, e avevo questa Ducati 916.

Essa è la mia moto sembra di guidare un 250 con la sella molto alta i manubri bassissimi il cupolino schiacciato verso la ruota anteriore bisogna inserirsi nel serbatoio con la prima lunghissima ha sotto 120 CV s'inserisce in traiettoria ha un'erogazione corposa.

Essa ha i freni i dischi in acciaio la decelerazione ben gestibile pesa 7 chili piú rispetto al modello 1994 non ha il cruscotto digitale come quello della 916 ufficiale ha però gli elementi analogici le prese d'aria per l'air-box il cambio è provvisto del sistema semi-automatico. I doppi silenziatori in fibra di carbonio li ho fatti tirare via perché mi piace fare casino sono un tipo che ama la vita ama il casino.

Arrivato in spiaggia, verso le due, mi sono appoggiato allo sdraio a fumare una sigaretta che avevo comperato Gitane senza filtro. Poi guardavo la spiaggia fino alle sette. All'improvviso sesso. Cioè, è arrivata una svedese con il cane lupo Fuffi.

Fuffi Fuffi venire qua giocare con me svedese, diceva la svedese al cane. Io sono andato lí a vedere se c'era da fare sesso, lei mi ha detto tu lanciare osso finto a Fuffi, noi giocare.

Io lanciato osso Fuffi, bozzo premere da paura, quasi spaccato nuovo costume, lanciare di nuovo osso Fuffi mi ha detto la stangona universale.

Io di nuovo lanciato osso Fuffi, io guardare tette svedese, Fuffi correre spiaggia con osso, fino alle dieci questa storia. Io dicevo alla svedese vuoi una Gitane, eh? Andiamo al mio sdraio sei di destra sinistra vuoi che ti pago un caffè? dicevo alla svedese perfetta.

La svedese sorrideva era piú bella di sgommare sull'Aprilia a luglio ad agosto ogni mese senza lavorare mai ma solo sgommare sulla moto la svedese mi ha detto vieni con me ti faccio vedere una cosa dietro l'ombrellone sono andato avevo il tarello che mi prendeva a fuoco.

Mi ha portato lí eh io cosa pensavo lei mi ha fatto vedere aveva una scatolona con su un cane Smaily zuppa con carni cerali e ortaggi mi ha detto Fuffi essere bello tu guardare pelo Fuffi essere perfetto io pensare pelo svedese lei detto pelo bello perché io sempre compro Smaily zuppa e crocchette confezione da quattro chili io comperare Smaily al consorzio agrario di Torino se tu per favore andare bar prendi due litri acqua noi due insieme facciamo pastone per Fuffi.

Io ho detto sí sono andato le svedesi bisogna assecondarle a volte con una svedese devi fare queste cose ma poi la portavo con il 916 dietro il benzinaio a spanarla.

Sono tornato con due bottiglie San Benedetto tre litri per Fuffi sono andato tornato sempre il Fuffi che saltava.

Lei mi si è avvicinata mi ha sorriso era il sole mi si è avvicinata come un sole mi ha preso la mano Fuffi ballava attorno a noi col suo osso del cazzo la svedese mi ha detto sei dolcissimo se per favore tu adesso fatto amicizia a Fuffi tu puoi restare questa sera con Fuffi adesso arrivare Omar?

Lí è arrivato Omar, si è baciato la svedese e io ero lí a tenere fermo Fuffi che saltava attorno a Omar, la svedese e io che guardavo la svedese che guardava Omar che guardava la svedese che guardava Omar e io ero lí, Fuffi mi metteva in mano l'osso mi spingeva con il muso l'osso di plastica dell'Ipercoop per fare giocare i cani la svedese mi ha chiesto se potevo tenere Fuffi quella sera soltanto quella sera essere stato simpatico io con Fuffi quella sera. Io rimasto spiaggia con Fuffi, tirare sega a Fuffi, piangevo.

Ditta

Mi chiamo Agni Salvatore (Varese) e ho trentadue anni. Il mio sesso misura tredici centimetri. Mi piace essere vivo, ogni giorno faccio delle cose, ogni giorno succede una cosa. Tutto questo però è disturbato da una paura che io ho. Questa paura è la morte. A causa di essa, all'improvviso sei diventato un cadavere! Niente piú di niente di partite a San Siro da andare a vedere con quelli della ditta, perché sei morto, sei diventato davvero un cadavere.

La mia ditta, dove lavoro, nessuno parla mai di morire. La settimana scorsa, è morto Capaci Michele (Tradate). Esso fumava come un cretino, ogni momento lasciava lí la macchina per andare nel bagno a fumare, ora che è morto hanno messo alla sua macchina uno di Venegono, che ha diciotto anni e parla sempre della moda.

Io a questo di Venegono le dico le cose della morte durante l'intervallo, è importante farsi un'idea di questa cosa perché prima o poi ti succede, di pensarci un poco, e allora lui mi dice di andare con i testimoni di Geova, quelli parlano con me di questo, di andare con loro e lasciarlo in pace a mangiare la pasta, che a lui interessa la vita, tutte queste ragazze che ci sono.

Dice che le ragazze piú belle, diventano fotomodelle. Le fotomodelle ognuno vorrebbe farci l'amore insieme. Quando uno sta con una fotomodella tutti gli amici lo invidiano. Quando uno si è fidanzato con una fotomodella non pensa alla morte, sono due cose ben

diverse perché le fotomodelle sono bellissime e la morte fa schifo anche solo il pensiero.

Io dico che le fotomodelle il peccato è che insomma non si vede sotto questi vestiti che hanno che fanno la pubblicità quello che uno immagina, che vorrebbe vedere sotto i vestiti della fotomodella che ogni
volta vede.

Lui dice che è vero infatti per questo hanno inventato le attrici porno che sono le fotomodelle a uno sta-
dio migliore, che si vede meglio, cioè esattamente come uno che lavora tutto il giorno vorrebbe vedere, e
noi facciamo i turni anche di sabato!

Poi parliamo di ciascuna fotomodella singolarmen-
te, gridiamo forte perché c'è il rumore della fresa che
copre le parole, e io dico che quella negra che c'è dappertutto fa diventare pazzi la gente, lui dice sí Naomi
Campbell e continuiamo a lavorare.

Quando la sera ritorno a casa mangio un coso, guardo la tele e vado a letto. A letto penso un misto di cose. Se sono triste penso la morte, anche la vita mi sembra la morte. Quasi mai penso la ditta. Se sono allegro
penso anch'io a ciascuna fotomodella, come quello di
Venegono ci penso, e avrei voglia che sono a casa mia.

A furia di stare vicino di macchina con questo qui
di Venegono anch'io sono diventato un esperto di fotomodelle. Esse erano diventate per me la pubblicità
della vita quando è bella, un motivo per essere piú felici che mai!

Poi ho visto questa Kate Moss sui giornali, l'ho vista che faceva la pubblicità con gli occhi dolcissimi di
tutte le fotomodelle, è una nuova fotomodella che si
chiama Kate Moss.

Ma sembra uno scheletro! Lei è il punto d'incontro
tra me e quello di Venegono perché è una fotomodella
bellissima che fa pensare alla morte, sembra un zom-
bie, sembra bellissima, è insomma tutte e due le cose.

A quello di Venegono Kate Moss non piace. Dice
che è una fotomodella sbagliata, hanno sbagliato a metterla, ora se ne accorgono e non la mettono piú, farà

un altro mestiere, la prendono in una ditta o fa i porno perversi o si sposa un ricco che preferisce cose strane, insomma se ne va via dalle pagine.

Io dico che Kate Moss è bellissima, nella sua foto c'è dentro tutto. Se tu la vedi ha una faccia che per lavoro faresti darle baci. Poi guardi meglio e si vede che è scappata dal cimitero.

Io ho visto una foto che lei era nuda e non aveva le forme delle femmine ma era liscia come un bambino magro, ma ha delle labbra tipo Valeria Marini, o la negra del Campari, bellissime.

Quello di Venegono dice che sono un perverso perché adesso anche io ho una fotomodella che va bene per me, e che sembra la morte.

Che palle gli dico io gli dico che lui in realtà ha piú paura di morire di me perché se non aveva questa paura ne parlerebbe le dico che alla fine preferisco se al suo posto c'era ancora Capaci Michele (Tradate).

Lui fa il segno del dito sbuffa passa dall'altra parte della fresa mi dice questo è un brutto andazzo se iniziano a piacere le fotomodelle cosí vuol dire che la gente stanno diventando scema, non c'è piú gusto nel giudicare le femmine esse vanno valutate piú che altro dalle tette hanno sempre delle curve e alta e magra e bellissima uno deve sognare di viaggiarci sopra come un'autostrada a cinquecento all'ora tutte quelle curve, prendi per esempio Claudia Schiffer, è la miglior di tutte non un biafra.

Cosa dicete cos'è questo casino adesso dice arriva il capo Caversazio Italo (Biandronno) a voi di lavorare non vi prende mai la voglia qualunque cosa piuttosto ma non lavorare, comunque!

Io le dico ad esempio Italo tu cosa ne pensi di Kate Moss hai in mente quella che fanno adesso la pubblicità del profumo o cose del genere che sembra anoresta la fanno dappertutto è di moda adesso.

Lui ha detto lascia stare qualunque cosa va bene per fare dei sogni che voi fate e non la produzione che dobbiamo fare per consegnare la commissione ai tedeschi

sabato se voi non lavorate divento anorestico io cosa
le dico ai tedeschi quando telefonano per sapere se è
pronta la commissione sabato mi volete far morire?

Tre racconti sulla televisione

Don Ciotti

Mi chiamo Aldo Nove, ho ventinove anni e sono uno scrittore con il quale le ragazze che vanno piú d'accordo sono quelle dei segni del

1) Toro,
2) Vergine,
3) Cancro.

Quelle con cui bisticcio piú facilmente sono invece quelle di

1) Acquario,
2) Gemelli,
3) Ariete.

Il sogno della mia vita è fare l'ospite in un talk-show della televisione svizzera, e questo sogno si è realizzato!

L'altro giorno, infatti, stavo facendo l'amore solitario. Questo a causa che avevo comperato il calendario 1997 di «Max», dove c'è una grossa foto di Cindy Crawford che esce a fare la spesa in bianco e nero, e ha le mutande bianche, che si vedono perfettamente. In pratica, su quella foto è come se Cindy Crawford non sta andando a fare la spesa, ma un'entusiasmante pazzesca orgia dei sensi!

Cindy Crawford è bellissima, altro che la Schiffer e Naomi!

All'improvviso, nella mia casa è squillato il telefono. Nell'attimo dell'orgasmo ho alzato la cornetta.

Era un produttore svizzero che mi chiedeva se volevo partecipare a un talk-show con don Ciotti e Linus.

Cosí, mentre venivo, nella mia testa avevo questo frullato di Cindy Crawford don Ciotti Svizzera e il DJ Linus.

– Sí, – ho risposto con una voce che probabilmente dall'altra parte del telefono si capisce che ti stavi facendo una sega, – vengo senz'altro da voi.

Allora, il giornalista mi ha dato l'indirizzo e mi sono lavato.

Lí alla televisione svizzera sono arrivato alle tre del pomeriggio.

Era tutto pulito, e nessuno buttava cartacce per terra.

C'era un'edicola che vendeva moretti e Toblerone.

Quando è arrivato don Ciotti ero emozionatissimo.

Linus, invece, non è venuto. Al suo posto c'erano lo psichiatra che ha fatto la perizia a Maso e una giornalista dell'«Unità». Poi, è arrivato il simpatico presentatore.

La trasmissione è durata un centinaio di minuti, durante i quali io e lo psichiatra di Pietro Maso ci lanciavamo come delle occhiate d'intesa.

Ora non so se tra noi è sbocciato un amore che non abbiamo mai potuto consumare, perché quel presentatore non si toglieva nemmeno un attimo dalle scatole, e stava lí a farci domande sul senso delle ultime statistiche sugli adolescenti, perché non c'è privacy in TV.

E quando ero io un adolescente nessuno mi invitava mai ai talk-show. Soffrivo e non ero capace di dare un senso alla mia esistenza.

Per fortuna oggi non è piú cosí, posso andare in televisione a fare l'esperto di qualche cosa di interessante.

Come ad esempio alla televisione svizzera con don Ciot

Giovani scrittori

Quando le telecamere iniziano a inquadrarti allora sei uno scrittore. Uno scrittore senza televisione fa sghignazzare da mattina a sera, per dirla tutta lo scopo degli intellettuali che sono vincenti è andare sempre all'*Altra edicola*, una simpatica trasmissione di cultura che fanno vedere il giovedí sera su quel canale che è Raidue.

La cultura, è quando in televisione ci sono gli scrittori, per esempio Vattimo e Busi che si massacrano, o anche la puntata degli scrittori giovani. Tutto questo, succede sempre all'*Altra edicola*.

Quella volta degli scrittori giovani c'ero anch'io (pure la settimana dopo, sulla famiglia), e inoltre Chiara Zocchi.

Con Chiara Zocchi è una storia vecchia. Per me non ci sono speranze.

Quella volta, gli altri ospiti erano Niccolò Ammaniti e la sua fidanzata, che è bella e si chiama Luisa Brancaccio.

Niccolò Ammaniti, è il mio scrittore preferito.

Poi c'erano Isabella Santacroce (essa, con i libri che scrive, sta praticamente inculando tutti); Tiziano Scarpa; un tipo mezzo scemo che si chiama Picca, e si incazza; Giulio Mozzi; Dario Voltolini; Giuseppe Caliceti; Andrea Pinketts e Tommaso Labranca, che per me è dio.

C'erano inoltre dei critici che erano lí a fare schifo (Piccinini no).

A me, disgusta che non c'era Paola Malanga, che ha
scritto *Tutto il cinema di Truffaut* (Baldini & Castoldi)
e ha due occhi che chiunque diventa scemo, e comunque mi sembrava bellissima in generale come persona.

Prima che è iniziata la trasmissione, la Zocchi andava in giro inseguita nello studio da Pinketts che voleva scrivere un romanzo a quattro mani con lei.
Ma con la Zocchi non ci sono speranze, è meglio rilassarsi e pensare a vendere.

In studio, erano assenti Inge Feltrinelli, Daniele Luttazzi e Nanni Balestrini, che però sono stati registrati,
anzi Inge Feltrinelli era in collegamento da Milano, lei
parla come Eather Parisi e si vedeva tutta vestita di
rosso.
Di Daniele Luttazzi si è visto il libro, *C.r.a.m.p.o.*, e
siccome è bravissimo faceva ridere anche solo cosí. Daniele Luttazzi vale da solo dieci Alda Merini e cin-
quanta Mario Luzi, il fatto che esiste Daniele Luttazzi mi rende felice.
Nanni Balestrini poi è impossibile dire quanto è fuori, ha sessant'anni ma sembra che ne ha quaranta-cin-
quanta di meno, è completamente pazzo, è completamente immenso.

All'inizio tutti gli scrittori sono entrati.
Tutti entravano normali, a parte Chiara Zocchi che
entrava sexy, Pinketts che sembrava Mussolini e Tiziano Scarpa, che ha giocato a mondo con il suo libro,
Occhi sulla graticola.

Tiziano Scarpa è come Manganelli, solo che gioca a
mondo con il suo libro quando entra nelle trasmissioni televisive.

La trasmissione è andata avanti parlando di nulla,
Tommaso Labranca è stato grande e un critico con gli

occhiali rossi si è arrabbiato contro Sanguineti, perché lui pensava che Sanguineti era uno dei giovani scrittori, insomma si era davvero fuso la caveza.

Alla fine ci siamo salutati tutti, ma non so se Pinketts è riuscito a farsi dare il numero della Zocchi, e comunque è inutile. Con la Zocchi non c'è niente da fare. Meglio rilassarsi e pensare a vendere.

Bevilacqua

Noi scrittori, qualora andiamo a una trasmissione, siamo consapevoli che se non gridiamo la gente compra sí qualche tuo libro, ma non abbastanza per andare continuamente nei villaggi Alpitour a trascorrere delle vacanze, perché, se sei un po' timido, i telespettatori non si impressionano, pensano già ad altri programmi.

Alberto Bevilacqua, che come scrittore possiamo dire è consapevole di quello che dice, e ha condotto nel tempo delle battaglie, al Maurizio Costanzo urla cosí forte che subito gli compri *Anima amante*, *Eros* e *Lettere alla madre*.

Dopo che ho scritto *Woobinda*, mi hanno invitato a una trasmissione di cultura dove c'era Bevilacqua, *Corto circuito*.

Io ero emozionato, perché voglio diventare il Bevilacqua del Duemila. Bevilacqua, quando parla è pensieroso. Sempre inizia a gridare contro qualcuno, perché è focoso. Anch'io voglio cosí, ma per adesso non ce la faccio siccome che ho questo problema della timidezza.

Quella volta, c'era anche Selen, la pornostar che a me piace ma non ha fatto neanche un pompino.
Selen era seduta da sola.

L'argomento di quella trasmissione è se va bene che nei manifesti del film su Larry Flynt, che è uno che faceva i porno, c'è un attore che praticamente è crocifisso su una figa invece che sulla croce, e piú in generale sulla pornografia.

A rispondere a queste domande, c'erano anche uno che dal 1963 in Italia ha fatto molti porno, erotici, e una giornalista che ha studiato bene questa materia, Tatafiore.
Secondo me, la pornografia è questione di farsi ogni tanto una sega, è anche giusto farsi qualche sega.

Invece questi: no!!!
Dicevano un sacco di altre cose che io non sapevo cosí come loro le gridavano.

Selen diceva che giustamente è colpa del Papa se per molti secoli hanno ucciso a vanvera delle persone.

Bevilacqua rispondeva gridando che i porno ogni tanto si vedono dei bambini che sono violentati.

Io, la giornalista e quello che dal 1963 in Italia ha fatto un sacco di porno non parlavamo troppo, a quella puntata di *Corto circuito*.

Selen gridava che sono sempre delle famiglie cattoliche che violentano di nascosto un bambino, e gli fanno il culo. Bevilacqua urlava che molta pornografia è di cattivo gusto, specialmente le casalinghe che scopano in edicola. Selen rispondeva che se non metti il preservativo muori, ma il Papa dice di non metterlo, insomma il discorso di Selen era che questo Papa ha rotto il cazzo.

Questa parte sul Papa, quando la trasmissione è andata in onda è stata tagliata.

Il fantasma dalla f*** azzurra

Mi chiamo Mario e sono un uomo.

Da bambino, non credevo ai fantasmi.

Mi facevano ridere Carmencita e Caballero che andavano in giro in un mondo che non esiste, fatti a forma di megafoni di carta!

Mi faceva ridere Belfagor, che usciva dal fondo dei piú fondi per rubare!

Mi facevano ridere i fantasmi di Scubidú, le mummie di Scubidú!

Ah, mi faceva ridere quando a *Portobello* parlavano di fantasmi di donne morte moltissimi anni fa, che ritornavano!

La spegnevo, io, la luce prima di dormire!

Ero un bambino buono e semplice.

Ora ho trentadue anni e la mia vita è cambiata.

Dal giorno in cui è successa quella cosa tutto è cambiato pazzescamente. Avrete capito che, ora, credo nel mitico mondo dei fantasmi.

Ci credo perché ho conosciuto: il fantasma dalla figa azzurra. L'ho conosciuto anche in senso biblico. Mica cazzi!

Quell'incontro è stato determinante non solo per me, ma anche per la storia dell'umanità, nei secoli a venire!

Infatti è successo cosí.

Lavoravo a un Power Pc Macintosh con il Monitor 16 Color Display.

Il mio mestiere era comporre i testi delle telefonate del 144 erotico. Specializzazione: feticismo di gomma con omicidio. Piú che altro con guanti.

Agli utenti piacciono le storie erotiche con i guanti di gomma di colore rosso o nero, si divertono a immaginare cose del tipo di essere frustati da una donna con i guanti e le calze di gomma rossi che poi si lascia sodomizzare e grida «Uccidimi uccidimi!» e due tedeschi nudi con le calze di lana rosse la uccidono con il Girmi, schiacciandole la testa contro il divano.

Scrivevo storie cosí, per mettere via i soldi e comperare la casa in multicondivisione.

Poi un giorno stavo scrivendo una storia dal titolo *Omicidio impossibile nel sexy canile della città puttana di Sodoma*, una storia che mi pagavano 100 000 lire a cartella (piú di scrivere i racconti splatter per l'antologia *Gioventú cannibale* all'Einaudi). Era una storia bellissima, era piena di vagine fatte a pezzi da cani lupo viola che poi morivano vomitando sangue, merda e gomma nera perché le donne che erano sbranate per benino da quei lupi erano donne che indossavano biancheria intima di gomma nera, e la gomma, mangiata a dosi eccessive, uccide.

Uccide anche i cani della città puttana di Sodoma.

Ma ecco come si sono svolti questi magici avvenimenti.

«Uccide chiunque la mangi, la gomma», stavo pensando quando il campanello della mia porta, quel giorno, suonò in un modo strano, suonò come mai aveva suonato prima. Era un suono che potrei paragonare a un misto delle musiche di tutte le canzoni che hanno vinto San Remo dalla prima edizione a oggi cioè:

Grazie dei fior (Nilla Pizzi),
Vola colomba (Nilla Pizzi),
Viale d'autunno (Carla Boni e Flo Sandon's),
Tutte le mamme (Gino Latilla e Giorgio Consolini),

Buongiorno tristezza (Claudio Villa e Tullio Pane),
Aprite le finestre (Franca Raimondi),
Corde della mia chitarra (Claudio Villa e Nunzio Gallo),
Nel blu dipinto di blu (Domenico Modugno e Johnny Dorelli),
Piove (Domenico Modugno e Johnny Dorelli un'altra volta),
Romantica (Renato Rascel e Tony Dallara),
Al di là (Luciano Tajoli e Betty Curtis),
Addio… Addio…! (Domenico Modugno e Claudio Villa),
Uno per tutte (Tony Renis),
Non ho l'età (Gigliola Cinquetti),
Se piangi, se ridi (Bobby Solo accompagnato dal gruppo I Minstrels),
Dio come ti amo (Domenico Modugno assieme a Gigliola Cinquetti),
Non pensare a me (Claudio Villa e Iva Zanicchi),
Canzone per te (Sergio Endrigo e Roberto Carlos),
Zingara (Bobby Solo e Iva Zanicchi),
Il cuore è uno zingaro (Bobby Solo e Nicola Di Bari),
I giorni dell'arcobaleno (Nicola di Bari),
Un grande amore e niente più (Peppino Di Capri),
Ciao, cara, come stai? (Iva Zanicchi),
Ragazza del sud (Gilda),
Non lo faccio più (Peppino Di Capri),
Bella da morire (Homo Sapiens),
… E dirsi ciao! (Matia Bazar),
Amare (Mino Vergnaghi),
Solo noi (Toto Cutugno),
Per Elisa (Alice),
Storie di tutti i giorni (Riccardo Fogli),
Sarà quel che sarà (Tiziana Rivale),
Ci sarà (Albano e Romina Power),
Se m'innamoro (i Ricchi e Poveri),
Adesso tu (Eros Ramazzotti),
Si può dare di più (Morandi, Tozzi e Ruggeri),
Perdere l'amore (Massimo Ranieri),

Ti lascerò (Anna Oxa e Fausto Leali),
Uomini soli (Pooh),
Se stiamo insieme (Riccardo Cocciante),
Portami a ballare (Luca Barbarossa),
Mistero (Enrico Ruggeri),
Passerà (Aleandro Baldi),
Come saprei (Giorgia),
Vorrei incontrarti tra cent'anni (Ron),
Fiumi di parole (Jalise).
Senza te o con te (Annalisa Minetti).

Il campanello continuava a suonare, suonare.
Salvai il file con Mela-S e gridai: – Chi è?
Nessuno mi rispose.

Mi alzai dalla sedia. Presi un chinotto. Lo aprii.
Quella musica mi stava rendendo empatico con il mondo. Bevvi, felice, il contenuto della lattina.
– Chi è che suona alla porta in questo modo bellissimo? – ripetei modulando la voce sulla melodia di *Il signore è la mia salvezza*, una canzone che tutte le volte che la facevano all'oratorio di Viggiú mi sentivo rapire in una dimensione piú alta, dove chiunque da bambino poteva fare quello che voleva, se rubava i pirolini delle macchine parcheggiate nessuno lo sgridava.
Non giunse risposta. Mi avvicinai alla porta. Chiesi ancora chi fosse. Le gambe mi tremavano dolci, dolci. Come se fossero di Oro Saiwa inzuppate. Eh, stavo bene, quella volta!

Avvicinai la mano al pomello. Danzando, aprii.
Era il fantasma dalla figa azzurra.

Il fantasma dalla figa azzurra era completamente nudo, solo sopra il corpo spogliato aveva un Moncler. Il corpo spogliato era perfetto, era come il corpo di Valeria Mazza, veniva voglia di fare figli con lei ma era evanescente, perché Essa era un fantasma. Con ciò intendo che sembrava fatto, quel corpo che avrebbe fat-

to tirare il cazzo a un morto da dieci giorni, di una specie di rugiada primaverile sottile buona, come si vede
in certe trasmissioni di Giorgio Celli sui gatti che gio-
cano all'alba. La figa era completamente azzurra e man-
dava una luce come la televisione quando sono finiti i
programmi.

– Ciao.
– Ciao.
– Come va la vita?
– Si tira avanti.
– Io no, perché sono morta.
– Sarai anche morta ma sei davvero una bella man-
za! Perché non entri a prendere un Sanbitter?
– Sanbitter?
– Oui, c'est plus facile!
– Let's fuck and piss!
– But what is your name?
– My name is *The ghost with the blue pussy*.

Ci siamo seduti sul divano, abbiamo bevuto un Sanbitter e guardato alla televisione una cassetta registra-
ta del dopo San Remo di due anni fa.
Il fantasma dalla figa azzurra diceva che era piú bella la Ferilli, per me era piú bella la Mazza. Cosí abbiamo continuato per una mezzoretta a parlare di chi era
meglio.
Nel frattempo, il fantasma mi continuava a chiedere un Sanbitter dietro l'altro, ne voleva cinque o sei,
cosí ho dovuto aprire due confezioni da sei bottiglie, e
sembrava che non le bastasse ancora. Cosí le chiesi: –
Come mai, fantasma, vuoi bere cosí incessantemente
tutte queste bottigliette di Sanbitter?

Il fantasma si toccò il seno sinistro e rispose: – Ci
sono cose, in cielo e in terra, che gli uomini non possono capire. Tu sei stato prescelto per assistere a fatti
che mai, dico mai, uomo mortale ha potuto vedere. Ma
perché ciò accada è necessario che io beva un casino.

Finita la tele io e il fantasma dalla figa azzurra andammo a letto.

Per eccitarci di piú osservammo alcune copertine di «Panorama» e «L'Espresso». Poi facemmo l'amore.

Il fantasma era una vera vitella, galoppava in modo OK, non avrei mai pensato che i fantasmi erano cosí. Io non credevo neanche che esistevano, i fantasmi!

Alla fine del magico coito il fantasma mi guardò come Karina Huff guarda Christian De Sica in quella bella scena di *Vacanze di Natale* e disse: – Adesso assisterai a una cosa che ricorderai per sempre. Tu sei il Testimone. I tempi sono compiuti.

Il fantasma si mise a cavalcioni sul letto e iniziò a fare pipí, ne fece tantissima e continuava a farla, era per quello che aveva bevuto cosí tanto Sanbitter, non smetteva mai e si riempiva tutta la stanza, gli oggetti si scioglievano perché quella pipí era tremendamente magica, tutto veniva distrutto e usciva dalla finestra, io non mi distruggevo perché, mi diceva il fantasma sotto sforzo, ero il Testimone, un giorno sarebbe esistito un mondo simile al nostro e io sarei tornato a raccontare quel fatto tremendo, dovevo rimanere a vedere quel torrente di pipí che distruggeva tutto, piano piano fuori in strada le macchine dei tamarri erano distrutte, la pipí finiva nei luoghi piú impensati e ogni cosa finiva distrutta come annientata da quell'acido potente che rendeva omogeneo il mondo in un nuovo, unico flusso gioioso e colorato di pipí del fantasma dalla figa azzurra e i politici galleggiavano per le strade in questo torrente di piscia prima di finire completamente sommersi da quella, c'erano Dini e D'Alema e Berlusconi e Fini e Bertinotti e Sgarbi e Ferrara e Magalli e Claudia Schiffer e Antonio Banderas e Rispoli e Formigoni e Zenga e Zecchi e Biagi e Ghezzi che nuotavano disperatamente prima di scomparire, prima che fossero completamente travolti da quella m

Il Sol dell'Avvenir

L'altra sera era notte, stavo facendo l'amore con mia figlia Azzurra (14 anni, del Toro; un tesoro di bambina, che ha le ciuccie che sembra Anna Falchi), quando, proprio nel momento che c'era questo benedetto orgasmo, quella troia si è voltata e mi ha chiesto: – Papà, ma è vero che può darsi che quest'anno i comunisti vincono le elezioni che domenica ci sono giú alle scuole elementari? Hai ricevuto la scheda elettorale?

Da dietro, mia moglie Maria manteneva un atteggiamento riservato, si dava da fare con il Nokia.

Paolo, come al solito, era sotto.

Ho fissato Azzurra negli occhi, le ho stretto piú forte le calze autoreggenti da 164 000, nere traforate belle, proprio uguali a come ce le aveva Paola Barale in una cosa che hanno fatto vedere l'altra sera, bellissima. Le ho strette, fino a farle sanguinare. A quelle domande lí, di argomento politica, io ero rimasto di stucco...

Mia moglie (40 anni, casalinga, Scorpione), ha smesso il movimento. Ci ha guardati sconvolta, a me e Azzurra. Estraendomi il Nokia 2010 dal culo Maria ha scosso la testa. Poi la donna ha iniziato a scoppiare a piangere come una drogata del film che ho visto la settimana scorsa su Telemontecarlo.

Paolo (l'altro mio figlio, 19 anni, studente, Cancro),
da sotto, ha sbuffato forte, come mai mi aveva fatto.

Mi sono seduto sul letto. Ho acceso una MS Italia
Red allentando poi le nuove catene di Azzurra (92 000,
di pelle nera, senza manette).

Ho detto, con calma: – Ragioniamo, Azzurra.

– Papà, – continuava a dire quella, cercando di spe-
gnere con il telecomando insanguinato il videoregistratore, – hanno detto a Canale 5 che forse vincono i
comunisti, e il signor Ghebelino del terzo piano dice
che allora comandano i negri che ci sono fuori dal metrò, e forse anche i parrucchieri culi. Poi Emilio Fede
ha detto a un programma che devi controllare se è arrivata la scheda elettorale...

Che palle, 'ste cose di politica e tele! Da sotto, Paolo sbuffava sempre di piú.

Io, ho mirato bene al volto di Azzurra.

Le ho tirato un gancio sulle gengive con il tirapugni
dei Power Rangers (46 000 con i ganci, da Kombact
Play): – Sta' zitta, figlia di due lire, chi cazzo se ne frega delle cose di votare! E i comunisti non ci sono piú,
ormai: c'è un ulivo, cose cosí.

Dicevo cosí, ma avevo paura! Anch'io avevo sentito al TG4 che forse vinceva i comunisti, tornava in giro la Gestapo dappertutto e robe del genere.

Io lo so, cos'è il comunismo. Ho fatto l'enciclopedia
in videocassette. Tutti quei comunisti lí (Prodi, Chiam-
bretti, Bertinotti, Dini, Occhetto, Paolo Rossi il co-
mico, Ciampi, D'Alema, Berlinguer, Santoro e forse
anche quella lí che fa il TG3), non sono un ulivo e storie cosí, vincono le elezioni. Allora è un puttanaio.

Prima cosa, essi cancellano le televisioni, fanno solo i film sulla Russia, e tutti diventano uguali, vestiti
alla cazzo.

Spaccano tutti il cazzo, parlano da teroni, con il comunismo!

– Michele (48 anni, Vergine, sono io) – disse allora mia moglie mettendomi un preservativo alla rucola da 12 290, – non te la devi prendere per cosí poco!

– È vero, mogliettina mia (l'avevo sposata a Viareggio nel 1980) – risposi alzando il volume della televisione, – ma questi ragazzi di oggi vedono troppe cose al telegiornale, e il telegiornale parla solo di Pacciani o di cose tipo Squillante e politica, è ora di finirla...

Paolo, da sotto, si tolse il walkman e

L'altra sera era notte quando mio figlio Paolo mi ha ucciso.

Si era tutti lí, insieme, la famiglia media italiana della destra che c'è, a guardare un film che avevo comperato nell'edicola dei porno di corso Buenos Aires che se non stavo attento mentre la compravo mi beccava Giacometti quello della Li-Po, che in quel momento passava di lí, e mia moglie era dietro, Azzurra era sotto e Paolo piú sotto ancora (dietro Azzurra), quando Azzurra ha improvvisamente detto una cosa sulla politica.

A casa mia non si parla mai di politica.

Ho avuto un'educazione cattolica severa. Ho sempre votato la bella destra che c'è in noi.

Quella volta ho scoperto che mio figlio era un comunista, tipo Leoncavallo o cose del genere, si è ribellato e

E allora mio figlio Paolo si è messo a gridare si è messo in piedi sul letto e ha detto: – Basta con questo schifo, bisogna che sorge il Sol dell'Avvenire! – cantava, e ha preso una falce mi ha ranzato via la testa gridando cose tremende dell'Ulivo era tutto nudo e con un martello ha rotto la faccia di mia moglie e gridava: – Questa volta basta, questa volta c'è un fantasma che s'aggira per l'Europ

*Il mondo bello come le Spice che ballano
e altre storie mitomoderniste*

Videocatalogo Italia

Ciao, sono Aldo Nove, lo scrittore che piace.

Questo racconto che ho scritto è una bella occasione di lettura per tutti perché dice che sono stato felice tre ore davanti alla tele, chiunque lo può fare se ha 20 000 lire da spendere bene. 20 000 sono il prezzo di un settimanale a vista del metrò milanese (da novembre) e chiunque le può spendere. Io l'ho fatto per avere il *Videocatalogo 1995* Rabbit Home Video Rocco Siffredi Production Preziosa Lolita. 180 minuti di sesso!

Ciascuno deve amare il sesso! Fa dimenticare il lavoro e la morte, nessuna tristezza gli resiste, tutti sono contenti e lo vogliono fare: Gianfranco Fini e Gianfranco Funari lo fanno, Mara Venier e Roberto Baggio lo fanno, tuo padre lo fa (o lo ha fatto).

È un racconto un po' sperimentale, tipo i libri sperimentali degli anni Sessanta come Nanni Balestrini ecc., ma leggendo piano si capisce.

La mia vita sessuale è incominciata a tredici anni, quando il venerdí sera su Telereporter facevano il porno. E io ero felice nella stanza dopo la finanziaria di Giorgio Mendella vedevo le fighe, ero felice come quando da bambino c'erano i cartoni animati della Svizzera, un programma che si chiamava *Scacciapensieri*, c'era un coniglio grasso (un topo?) che rideva all'inizio cercando di dire «scacciapensieri», era colorato e scompariva dal video.

Poi il tempo è passato e oltre ai cartoni animati guardavo le ragazze vestite della mia classe e le ragazze svestite dell'edicola dei miei genitori. Queste qua dei giornalini non tiravano sberle se gli guardavi le tette, erano lí apposta per farsele vedere e odoravano di «Topolino» e «Panorama», si mettevano i vibratori, estraevano la lingua mentre le ragazze della mia classe non la estraevano, erano ragazze finte. Le ragazze vere incominciavano dopo la finanziaria di Giorgio Mendella.

Dopo la finanziaria vedevo spuntare un cazzo e poi la bocca di una ragazza bionda che lo prendeva in bocca e io ero felice e non cambiavo canale, la mattina dopo nel laboratorio di fisica noi maschi eravamo stravolti perché eravamo rimasti alzati tutta la notte a vedere le fighe. Allora tutta la settimana era per aspettare il sesso bellissimo su Telereporter. Poi al sabato ha iniziato anche la televisione che c'è a Varese a fare i porno e specialmente un film, *Can Can*, lo replicavano sempre.

Ricordo che una sera sintonizzai la tele su Telereporter piuttosto tardi alle due, il porno doveva essere iniziato invece non c'era niente, non si vedeva niente e c'era l'effetto chiamato neve e delle linee nere che attraversavano lo schermo e quella notte era appesa a un canale che non c'era, volevo piangere e avevo il cazzo in mano, che senso aveva la vita mi chiedevo toccando i pirolini rossi della tele, giravo e giravo i pirolini alle tre di notte scivolando da un mago di Como alla vendita di una scala ripiegabile a un film con Bombolo ma niente, niente figa di Cicciolina, niente culo di Marilyn Jess (un'attrice) davvero niente mentre passavano i minuti le ore. Fino a quando verso le quattro del mattino mi era sembrato di vedere due labbra rosse grosse come piace a me di vedere, ma che si vedevano male, si intravedevano appena, ho mollato i pirolini della tele e mi sono fatto una sega perché mi sembrava che quello che vedevo era un pompino, dopo la sega ho sintonizzato meglio la tele ed era un'asta di tappeti.

Ora che ho ventisette anni sono padrone del mondo e tutto mi è cambiato, mi muovo meglio in questa società stupenda, vedo tutte le fighe che voglio, che fanno tutto quello che voglio alla tele, anche il giovedí pomeriggio e domenica mattina e non solo venerdí sera quando ero un povero ragazzino e Telereporter mi comandava come un pupazzo.

Ora vado all'edicola che c'è in corso Buenos Aires dove c'è l'edicolante con la maglietta Private con un cuore a forma di coglioni con una figa dentro e guardo tutte le fighe che ci sono sulle copertine delle mitiche videocassette del nostro tempo.

Ogni genere esiste, ci sono le cassette di merda, ne ho vista una che si chiama *Popo Club n. 6* dove ci sono delle tipe che cagano, queste sono esagerate e se si inizia cosí non si sa dove vai a finire, forse ti droghi, sono solo per gente esagerata, ogni tanto ne vedo una.

Ci sono i video con le tipe che spompinano i lama o si scopano le trote. In una, *Animal Fantasies n. 3*, uno grasso si scopava un maiale mentre la moglie, in giardino, si faceva scopare dal cane lupo.

Alcune videocassette sono per quelli che studiano storia, ci sono i porno vecchissimi, es. una che ho visto si chiamava *Sex Total Anno 1919* e c'erano delle tipe che facevano una pompa a uno che sembrava Hitler nudo, le tipe muovevano il culo alla velocità di Ridolini e quella videocassetta non mi è piaciuta nulla.

I video migliori sono quelli a episodi con le tipe bellissime che alla fine si fanno sborrare in bocca e bevono tutto come *Private Magazine Berth Milton Production*, che esce ogni mese e ha un grande successo, la gente è felice di comperarla, di vederla bene, prima di andare a dormire.

Siamo sempre in tanti dentro l'edicola e vediamo tutti questi magici film, decidiamo quale è meglio prendere per farci una sega coi controfiocchi. So che molti poveri cristi si devono fare le seghe cosí: a pura immaginazione, senza vedere nulla perché non hanno i soldi per comperare le videocassette, e non li invidio.

Quando uno ha scelto la videocassetta che piú gli piace restituisce le vecchie e paga solo ventimila lire la nuova, questo è illegale ma non me ne frega niente perché in questo modo vedo le cose piú belle che ci sono, es. Draghixa che si fa due uomini o Lydia Chanel che si fa rompere il culo.

Una volta che ho preso le mie due o tre cassette fumo una Ms blu dietro l'altra e vado a prendere il metrò per tornare a casa. La gente non sa che nella borsa ho decine di ragazze giovani che scopano molto bene, e io le guardo.

Poi salgo sul treno e mi prende un po' la paura che mi succeda come a marzo, quando ho preso un video da 180 000, *Magic Orgies 4 hours* che non si vedeva nulla, era inutile toccare il televisore, solo ogni tanto si vedeva una cosa deformata che non capivi se era una figa o un ginocchio, 180 000 è un sesto del mio stipendio, quando succedono queste cose uno non sa cosa deve fare, allora quella sera ho bevuto mezza bottiglia di Martini e sono andato a letto.

Pure, mi è successo il fatto stupendo che adesso voglio raccontarvi, la storia che c'è in questo racconto, state attenti perché ne vale la pena, è una storia bellissima e l'ho pagata solo 20 000 lire.

***

Ero nell'edicola di corso Buenos Aires e sul terzo

scaffale di destra ho visto una videocassetta con scritto sul dorsale *Videocatalogo 1995*, era molto semplice, non aveva foto di cazzi nel culo o altro, era colorata di verde.

L'ho estratta e ho visto scritto sopra *Videocatalogo 1995* oltre cento titoli Rabbit Home Video Rocco Siffredi Production Preziosa Lolita 180 minuti.

Ho restituito all'edicolante con la maglietta di Private la videocassetta *Euro Porno Anal Blomm* (starring Tabatha Cash), ho pagato 20 000 lire, sono andato a casa con il *Videocatalogo 1995* e l'ho messo nel mio videoregistratore.

Il mio videoregistratore è un Mitsubishi HS-MX11!
È stupendo perché ha il telecomando con il replay a due velocità, piú il fermo immagine!
Quando ci sono le sborrate, all'inizio metto alla prima velocità, rallentato, poi quando la tipa lecca passo alla seconda, rallentatissimo, e se si vedono le gocce che entrano dentro la bocca scelgo il fermo immagine, ma devo stare attento perché dopo trenta secondi di fermo immagine va via il video, compare il canale che c'è sotto.
Una volta stavo vedendo con il fermo immagine una sborrata in faccia a Kay Nobel, la svedese rossa che è stupenda, quando è andato via il video e si è visto il papa che parlava della Jugoslavia, che deve finire ecc., io non riuscivo piú a trattenermi e sono venuto guardando la faccia assurda del papa, tutto questo vorrei non accade mai piú.

Marta Russo

Io sono una ragazza che per un anno ero sempre sui giornali. Sono una fotografia che avete visto tutti. Sono la notizia che aspettavate. Sono stata meritoria della vostra attenzione. Sono stata la notizia che avete consumato.

Sono stata un giallo irresolubile.

Ho abitato nei vostri pensieri un poco al giorno. Un poco ogni tanto. Vi siete interessati a me. Vi siete interessati alla mia testa. Vi siete occupati di quello che avevo dentro. Di chi ce l'avesse messo. Dell'esplosione che a un certo punto ha messo nella mia testa quello che è entrato, che dentro la mia testa è entrato. Che spezzato in piú frammenti ha sbriciolato un pezzo del mio cervello.

Camminavo, e dopo basta.

Dopo rumore metallico di sangue la mia vita nella cronaca la leggete, la mia morte. Come un fiore fragile mi sono accasciata senza un gemito.

Mi chiamo Marta Russo.

Sono una studentessa di giurisprudenza e cammino. Sono un caso chiuso dal procuratore aggiunto.

Sono la fidanzata di Luca.

Sono un corpo sull'asfalto.

Sono una folla che si raduna.

Sono il rumore di uno sparo.

Sono ancora viva.
Sono trasportata in ospedale.

Sono l'oggetto di un'intervista a Laura Grimaldi. Sono un ronzio che non finisce. Sono quello che nessuno
ha visto. Sono chiusa nel box. Sono nella sezione nel-
l'occhiello nel palinsesto nell'intervista nell'intervento
nella didascalia. Sono un caso irresolubile. Sono l'impiego di ottanta poliziotti 70 telefoni sotto controllo decine di intercettazioni ambientali sono la richiesta del
Sisde di collaborare al caso. Sono assimilabile, dal punto di vista giornalistico, a Simonetta Cesaroni. Sono
l'oggetto di una discussione sul garantismo. Sono queste parole che state leggendo. Sono un vocabolo che si
trova con il motore di ricerca digitando marta + russo.
Sono nella Rete. Sono un caso. Sono stata ricostruita
da Corrado Augias. Sono stata soccorsa da un impiegato della ditta di pulizie. Sono delle grida nell'androne.
Sono sul piano emotivo meno coinvolgente di Alfredino Rampi. Sono nove pagine prima dello sport. Sono
impaginata sopra l'impiego dei militari a Napoli. Sono
128 interviste 122.000.000 di battute. Sono ricovera-
ta al Policlinico. Sono lo sconforto di Luca che rompe
il silenzio che dice che potevamo fare tante cose insieme e invece non le abbiamo fatte, che con me ha passato due anni bellissimi. Sono sorella di Tiziana Russo
che intervistata dal settimanale «Oggi» ha detto che a
cinque anni nostro padre che era maestro di fioretto mi
aveva iscritta a un corso di scherma. Sono figlia di un
maestro di scherma.

Sono stata l'oggetto delle dichiarazioni di una donna sui trent'anni, meridionale, già laureata ma che continua a studiare Statistica in Università. Sono la morte silenziosa che ha fatto incriminare i due assistenti di
Filosofia del diritto Salvatore Ferraro e Giovanni Scattone. Sono la condanna dei media a Salvatore Ferraro
e a Giovanni Scattone. Sono l'intervista a Jolanda Ric-
ci sul «Corriere della Sera» dell'11 luglio 1997. Sono

uno strascinato momento di riflessione collettiva. Sono l'insidia mentale di una motivazione che sfugge. Sono una rassegna stampa. Sono due ragazzi che dopo l'attentato sono usciti dalla parte di Scienze politiche correndo via. Sono un via vai di risoluzioni e riaperture.

Sono morta dopo quattro ore di coma il 12 maggio dell'anno scorso alle ore 22.

Sono la causa dell'arresto del direttore dell'Istituto di Filosofia del diritto Bruno Romano, accusato dall'assistente Maria Chiara Lipari di aver coperto i colpevoli del mio delitto. Sono la causa dell'arresto per reticenza dei dipendenti dell'università in cui mi hanno uccisa Maria Urilli e Maurizio Basciu. Sono la protagonista di una canzoncina scritta sulla sua agenda da Salvatore Ferraro, allegata alle prove giudiziarie. Sono l'elemento che ha fatto cadere l'attenzione sull'elenco di donne con accanto particolari sulla loro biancheria intima ritrovato in casa di Giovanni Scattone.

Sono la perizia balistica ripetuta dai periti.

Sono un vuoto incolmabile.
Sono la fame di mostri dei lettori.
Sono la vostra fame.
Sono una nota in cronaca sempre piú esile.
Sono il movente della dichiarata volontà di suicidio di Salvatore Ferraro. Sono il possibile soggetto per un film. Sono il trambusto nella redazione dei giornali le due colonne che stanno per arrivare. Sono un indagato messo in prigione con la speranza che confessi. Sono l'ombra inquieta di un paese civile. Sono un caso giudiziario risolto in quattro e quattr'otto rivelato poi sbagliato sono una sequenza di innocenti messi alla gogna sono la riabilitazione che non trova spazio.

Se avessi vissuto di piú mi sarei dedicata al Telefono azzurro.
Se avessi vissuto di piú avrei continuato a studiare.

Se avessi vissuto avrei continuato a frequentare Luca. Se avessi vissuto di piú non mi sarei occupata di politica.

Se avessi vissuto di piú avrei continuato a praticare lo scherma.

Se avessi vissuto di piú avrei progettato delle gite insieme a Francesca Zurlo, accompagnatrice del Club scherma di Roma e mia amica intervistata da «Repubblica».

Sono Marta Russo.
Sono l'ombra inquieta di un paese civile.

Sono la ragazza innocente uccisa da un folle forse da qualcuno esaltato dalla vittoria delle destre, un individuo dissennato che ha agito da solo un fantasma forse qualcuno che mi amava perché ero una bella ragazza per fare qualcosa per provare il brivido di un'azione inconsulta per vedere scorrere il sangue per vedere la folla accorrere attorno al mio corpo per vedere un corpo crollare per vedere la scena la concitazione per sentire parlare al telegiornale per studiare l'effetto dei giornali per continuare a suscitare la tensione degli inquirenti per stimolare i giornalisti a scrivere articoli interessanti per spingere i giallisti di fama nazionale a intervenire sul caso per fare piangere i lettori per commuovere i lettori per intrattenere i lettori per far passare il tempo ai lettori per tenere aggiornati gli ascoltatori per fare intervenire i sociologi per fare intervistare i sociologi per continuare a parlare per considerare per occupare spazio.

Sono Marta Russo.
Sono morta il 12 maggio del 1997.

Protezione solare diciannove

Io sono da solo qua sulla spiaggia sono sdraiato sullo sdraio ho un leggero mal di testa ho la settimana enigmistica cerco di risolvere le parole crociate facilitate c'è qualcosa che non va non riesco a dire a pensare ad affermare tra me stesso che io sono perfettamente felice adesso.

Ormai da una settimana sono qua nei Caraibi sono a Santo Domingo la Repubblica Dominicana è la località turistica dove le persone di successo come me vanno a passare le vacanze a superare le difficoltà che la vita di tutti i giorni in Italia in Europa ci presenta inevitabilmente per chiunque è necessario un periodo di relax un modo di tornare a contatto con la natura per fortuna sono una persona che socializza che conosce gente e che comunque è capace di ottenere il meglio dalla vita.

La sera sto bene vado nei locali che ci sono lungo il mare mi diverto qua fanno musiche che io apprezzo che ascolto in continuazione ci sono locali tedeschi americani domenicani piú di tutto mi piace un locale che si chiama Ode, all'Ode ci sono le luci basse incontri ragazze di colore gente di qua persone che apprezzi per la loro naturalezza per il modo che hanno di essere naturalmente vivaci, spontanei, felici.

Allora la notte ti diverti stai bene bevi batida ap-

prezzi la piña colada senti la notte che scorre liscia ap-
prezzabile non pensi che al pomeriggio oggi pomeriggio
appena alzato ci sono questi momenti, qui, di vuoto.

Tu vedi in alto in cielo il sole è come se nulla che
praticamente non ti ricordi cosa hai fatto il giorno prima, cosa ho fatto io il giorno dopo è solo adesso, qui,
nei Tropici e cammino sono sceso sulla spiaggia di Co-
st'Ambar sono venuto a riposarmi, sono un italiano in
ferie vicino a Puerto Plata, sono sceso qui in spiaggia
a prendere il sole tropicale mi sento bene o almeno abbastanza.

Ho la bottiglietta dell'acqua Santa Clara Gasificada
0,5 per quando ho sete ho la macchina fotografica Fun
Kodak usa e getta per riprendere gli haitiani con la frutta, mi piace fotografarli ritrarli insieme a me che sorridono per fare una fotografia da portare a casa da fare vedere ai colleghi quando torno vedono che ho so-
cializzato con la gente del luogo.

Ho il costume nuovo di Moschino nero con la foglia
di fico davanti verde cucita ho l'asciugamano la settimana enigmistica mi sdraio e cerco di pensare a cose
che non mi distraggono molto per esempio al campionato di calcio che adesso sta finendo, e intanto che penso ogni volta vedo il mare. Io da piccolo immaginavo
il mare sempre e me lo sognavo lungo, diritto, disteso,
per sempre, era azzurro, era il mare una cosa che mi
suggestionava molto.

A volte, penso continuamente a delle cose che pensavo da bambino. Fino a un certo punto era il mare immaginavo e disteso non c'è nulla dopo ma soltanto il
cielo come ad esempio un catino che lo raccoglie dello
stesso colore dell'acqua che cade ed insomma altre mille stronzate che tu pensi quando sei bambino e mi sembrava allora una specie di sogno io ero tutto emozionato come anche adesso le emozioni queste che ti dan-

no uscire nei locali con le troie di Sosua Sosua è l'inferno del sesso per i turisti oppure qua a Puerto Plata c'è il Tutti frutti il Tutti frutti è il locale di Santo Domingo dove fanno i massaggi per cosí dire per esempio è come quando da bambino andavi alle giostre è piú bello è maturo è cosí.

Tu quando sei in vacanza devi cercare le emozioni, altre emozioni diverse, interessanti, cose che si possono riportare agli altri questo è il fatto della vita sono sostanzialmente fattori esistenziali di tipo diverso adesso la mia vita fa caldo dappertutto qui ai Caraibi e io sono in spiaggia oggi è domani, è lunedí, io sono da solo.

Eh, la cosa piú tremenda della vita di chiunque è rimanere da solo, per molto tempo, qui di pomeriggio oggi mi sembra di impazzire quel modo di stare come fanno tutte le famiglie a Riccione o anche a Lignano Sabbiadoro a andare al mare con il pretesto di andarci, è solo una scusa nessuno vuole andarci veramente sulla spiaggia perché è tutto sempre pieno sulla spiaggia, è come se nessuno ci fosse mai andato davvero tranne io adesso qui da solo.

Una spiaggia, una vacanza è un luogo qualunque per essere da soli per finta e tutti assieme veramente dentro l'acqua, o sulla sabbia, qui e nel centro di New York a parte il panorama la bellezza dei tropici se vogliamo guardare è sempre la stessa cosa che si ripete.

Comunque io mi metto qua mi abbronzo intanto aspetto che è piú tardi che ritorna la sera per divertirmi metto la protezione diciannove.

La crema che io uso costa settantacinquemila lire è la migliore che ho trovato garantisce una protezione costante posso rimanere sulla spiaggia anche quattro cinque ore posso fare il bagno quante volte voglio mi trovo bene.

Qui il sole è molto forte spalmo la crema sulla schiena sulle gambe la spalmo uniformemente tutta questa mattina anzi è pomeriggio sulla spiaggia ci sono questi quattro tedeschi con la pancia qui la pancia si dice la barrica prominente molle würstel patate orizzonti da fiaba sono muti, i tedeschi, due con le mogli tedesche con le tette alemanne strizzate afflosciate come palloncini vuoti per le feste le tette tipiche da tedesche oppure tette sode, belle nere, delle tipe di Santo Domingo che i tedeschi gli altri due si sono sposate qui del luogo e tutti assieme, qui, sono seduti lontani rispetto a me sotto il sole con la crema da settantacinquemila lire io li vedo sono lontani io sdraiato a cento duecento metri da loro sono solo.

Sono solo anche perché mettermi insieme a una domenicana il mio stato civile è tranquillo se volessi se lo volessi davvero insomma potrei cambiarlo in un pomeriggio potrei sposarmi e via considerando cosa vuol dire avere sempre la stessa dominicana, la stessa moglie, la stessa tipa anche se ha vent'anni se non cambi ogni volta tu sei un pirla sei un poveraccio hai la moglie dominicana te la porti sulla spiaggia la tipa te la porti a letto come questi tedeschi se è tua moglie anche se l'hai comprata non ne vale proprio per niente la pena se rimane tutto uguale anche la figa di colore è una cosa esotica va bene per le fotografie per una notte.

Tutte le cose in effetti cambiano io sono un commercialista mi diverto come posso mi piace rimanere a guardare quello che vedo rimanendo sdraiato le onde del mare ma soprattutto una cosa che vedo questa che continuamente continua a ritornare anche quando ho gli occhi chiusi vedo tutto giallo questa cosa potete immaginarvi voi cosa è.

Il sole, se lo fissi per piú di dieci secondi all'improvviso dopo ti sembra che ogni cosa è luminosa talmente che perde tutto il suo colore è tutto uguale non è piú nulla ho il mal di testa io non sto bene, qua, sulla spiaggia, piú passa il tempo piú sento che c'è qualcosa che non va anche se ho la crema da settantacinquemila lire io sono solo ci sono le haitiane senza denti vendono continuano a vendere ce n'è una un'haitiana che dice si avvicina dice di chiamarsi Isabelle mi chiede se voglio la piña colada non ha i denti ne ha soltanto uno che pende è lí in mezzo è uno spettacolo osceno le dico di lasciarmi in pace che devo prendere il sole meditare.

L'haitiana ha una caverna in mezzo alla faccia un'apertura rossa e nera spezzata da questo quadrato dentale che sarebbe un dente l'unico un quadrato no un rettangolo è un muro bianchissimo, da solo, una muraglia dentale con la lingua che si muove attorno mi chiede se io voglio bere una piña colada e voglio comperare la banana il mango le faccio segno di no con la mano le dico di andare via di lasciarmi in pace rispolvero le poche parole che mi hanno insegnato al residence di spagnolo le dico no quiero nada da comir o piú o meno le dico io qui mi abbronzo le dico di lasciarmi in pace.

Questa l'haitiana rimane qui mi dice italiano bello comperare io la mando a cagare lei ride io rimango da solo mi dice mi chiamo Isabelle rimane a guardarmi con la gonna verde con il dente in mezzo alla caverna della bocca della faccia è la pubblicità scassata della povertà.

Io penso che alla fine è meglio morire, da poveri, immediatamente, che rimanere a pensare alla vita che va, brillante, a tutte le cose belle che ci sono nella vita, che ogni cosa è stupenda. Cosí la vita se sei povero la guardi che va via, sembra un film su Italia 1 molto bello già incominciato ma non per te, è un'altra se tu non hai soldi, se tu sei povero la vita rimane a guardarti proprio come un film dalla televisione e ti spia morire fermo sulla spiaggia a vendere, anche se magari quello sei tu.

È lunedí.

Mi piacerebbe, addormentarmi qui.

Adesso, sotto il sole sarebbe piacevole se mi passa il mal di testa me ne sto zitto, mi abbronzo, mi viene come si dice da noi il bronzo l'abbronzatura quando torno questo fatto di abbronzarmi, di vedermi di piacermi se mi specchio con il bronzo intanto il caldo mi fa stare intontito.

Mi viene in mente quando da bambino andavo a Cesenatico e mi addormentavo era come se scivolavo se entravo pianissimo dentro la sabbia uguale a quei cosí i granchi che spariscono sotto la sabbia fanno una cosa come un buco e vanno via sotto la sabbia si perdono in queste cazzate si divertono come i bambini anche se per loro è una questione di vita o di morte, catturano altri insetti, continuano a decidere strategie per vivere nello stesso modo meccanico come gli haitiani qui con la canna da zucchero il machete pensano alla canna da zucchero a vivere sembrano questi granchi di Cesenatico sono ossessivi sono dei granchi umani io no perché ho i soldi la Visa io vado tranquillo io sto male.

Veramente quello che io non capisco è perché mi sento cosí continuamente questa mattina male come se mi viene da piangere se sono triste oppure questo fatto del sole adesso in spiaggia sono solo è meglio che vado da Silverio Messon.

Piú tardi vado da Silverio Messon Silverio Messon è il piú grande supermercato che c'è qui a Puerto Plata si possono trovare tutti i prodotti che ci sono anche da noi ci sono tutti i tipi di Pasta Barilla c'è il sugo pronto Star ci sono le lattine di Coca-cola c'è il cioccolato svizzero soffiato il Toblerone la «Gazzetta dello sport» a venticinque pesos anche se vecchia di qual-

che settimana ti sembra di essere a casa ti trovi perfettamente bene.

A un certo punto sono qui sdraiato ho gli occhi chiusi sento che arrivano questi due tipi li sento parlare da
lontano sono due di Lissago una coppia di fidanzati li
avevo già conosciuti al Residence vengono a sdraiarsi
vicino a me.

Lei deve avere venticinque ventisei anni è carina in
topless ha le tette piccole ben dimensionate lui qualche
anno di piú è basso assomiglia leggermente a David
Bowie prima che facesse la svolta commerciale degli anni Novanta dopo *Let's Dance* se vogliamo intenderci.

Lei è una tipa piuttosto taciturna lui continua a parlare in continuazione mi dice cosa ne penso dei moto-
choncisti i motochisti qui a Santo Domingo sono i tipi
che fanno servizio taxi con la moto sono il vero problema dell'isola schizzano via dappertutto con le loro
moto intasano il traffico.

Io sono stanco piú che altro io vorrei solamente il
mio desiderio sarebbe riuscire a dormire intanto ho anche mal di testa vorrei che mi passasse un pochino se
c'è una cosa che io non riesco a sopportare è questo fatto di dover parlare con qualcuno quando non hai voglia sei su un'altra parte della terra essere qua non è come in ufficio.

Lui si chiama Michele mi dice che gli piace fare il
sub gli piace fare immersioni solitarie è stato a Punta
Cana nel sud dell'isola si è divertito molto. Io gli rispondo per favore se mi lasciano un pochino in pace
ma educatamente gli dico se è possibile rimanere un
poco in silenzio intanto che io mi prendo il sole.

Non so se vi è capitato anche a voi la bellezza di
prendere il sole quando resti tutto piuttosto intorpidi-
to alla fine ti senti strano diverso assapori quello che ti

sta succedendo ti senti diverso è come se qualcosa ti sta succedendo a un certo punto questi due tirano fuori la loro crema per il sole protezione due figuratevi degli incoscienti arrivano al mare nei tropici da Lissago usano la protezione due.

Io li guardo dico che anch'io ho la crema protezione diciannove quelli mi guardano si guardano tra loro sorridono dicono con la crema protezione diciannove dove credo di andare cosa voglio fare con la crema protezione diciannove.

Il tipo Michele mi dice guarda cosa pensi di fare cosa vuoi fare con una crema di questo tipo tu praticamente ritorni a casa nella stessa identica situazione in cui sei venuto non cambia niente con la protezione diciannove resti identico a prima e in ufficio dopo non ti riconosce nessuno.

Io gli dico a te non ti riconosce nessuno perché se usi sempre costantemente la crema protezione due è come se non la usi ti ustioni ti vengono gli eritemi solari tu e la tua fidanzata siete bell'e fritti siete ridotti esattamente a due polli arrosto siete spacciati lasciate perdere.

Quello mi dice che dipende anche dal latte solare che usi dopo se è un latte solare di buona qualità poi dopo fai quello che vuoi stai tranquillo non ti bruci il latte solare è una garanzia per tutti.

Figuriamoci gli dico il latte solare innanzitutto mi piacerebbe sapere quanto lo hanno pagato il latte quanto è costato quelli mi dicono che il latte solare da solo l'hanno pagato solamente diciottomila lire ma questo non vuol dire spesso la qualità la paghi di meno come se non sapessi che quello che ha qualche valore si paga come se venire in vacanza a Santo Domingo non costasse dieci volte di Cesenatico.

Figuriamoci gli dico io la qualità vorrei sapere allora quanto hanno pagato invece questa crema solare protezione due cioè protezione niente zero nulla vorrei che mi dicessero almeno il prezzo di quella crema mi dicono che l'hanno pagata soltanto quattordicimila lire al negozio dell'aereoporto di Malpensa.

Quattordicimila lire è praticamente il prezzo di un menú grande da Burghy piú il dolce e il caffè gli dico figuriamoci che protezione ti può dare una crema con quel prezzo voi minimo vi ustionate, gli dico, vi ustionate voi due figuriamoci poi dopo con la protezione solare due cosa volete fare voi due poveracci.

Allora tu quanto hai pagato la tua crema quelli mi dicono.
Io gli rispondo state attenti non parlate cosí facilmente se io compro una crema vuole dire che sono soddisfatto di averlo fatto io ho soldi sono un commercialista mi posso permettere quello che voglio la mia crema mi è costata settantacinquemila lire è un prodotto di qualità.

Ah ah ah fanno quelli si mettono a dire quelli mi dicono tu hai speso settantacinquemila lire per una crema non so se tu ti rendi conto settacinquemila lire per una crema tu sei davvero scemo continuano con quella cifra se stai attento ci fai una spesa all'Ipercoop tu se c'è il tre per due fai quello che vuoi con settantacinquemila lire qua poi a Santo Domingo ci mangi per tre giorni aragosta e non le patatine.

Allora io penso qua c'è il sole qua io sto bene anzi sto male ho il mal di testa questi vengono qua a tirarmi storie da morti di fame io non capisco cosa vuole dire tutto questo io sono disgustato non capisco cosa vogliono questi due perché siamo qui nei Tropici lontani dalla città dall'Italia mi devo ritrovare con queste persone che non hanno altro da fare che disturbare una

persona come me consapevole di se stessa io vorrei re-
starmene qui a prendere il sole vorrei restare in pace
glielo dico e stanno muti.

Intanto il sole è sempre piú forte con il mio mal di
testa diventa pesante diventa sempre piú pesante rimanere qua io non capisco quello che mi succede quello che capita a chi come me ha una protezione diciannove è qualche cosa di strano di intollerabile che mi
scorre nelle vene mi aggredisce dentro come un senso
di insoddisfazione assoluta fin da bambino non ho mai
sopportato di non essere capito. Allora io mi alzo vado da quei due ma chi cazzo sono mi chiedo questi due
da dove vengono da dove viene tutta questa gente e il
sole mi batte forte sulla testa nella mia testa diventa
sempre piú irresistibile la voglia come quando quella
volta quando ero bambino quando mia nonna mi ha
sgridato.

Quei due adesso sono lí che dormono che prendono
il sole sulla spiaggia sono rimasti zitti muti finalmente
tacciono finalmente possono capire cosa vuole dire of-
fendere chi piú di loro può fare comperare invece di of-
fendere sarebbe meglio imparare a capire che nessuno
può criticare chi essendo sempre superiore può com-
prare qualità e prodotti giusti.

Allora è proprio il sole questo caldo il mio pensiero
quello che mi spinge a affondare dentro le loro pancie
italiane normali abbrustolite queste solite pancie scre-
polate dal sole dalla protezione due il mio coltello mul-
tiuso svizzero fino a quando questi due non spruzzano
da tutte le parti sangue che almeno la prossima volta
imparano a parlare con cognizione di causa a informarsi
dal profumiere dall'estetista da chi cazzo vogliono cosa vuole dire andare in spiaggia con la crema giusta la
protezione solare progressiva inizialmente è sempre
meglio una buona protezione, la qualità.

Meteor Man

L'anno che D.D. Jackson si è fatta intervistare da Jocelyn su Telemontecarlo è stato praticamente l'anno piú bello della mia vita.

Io, quell'anno, ci sono andato a letto, con D.D. Jackson!

Era il 1981.

Erano anni completamente bui, quelli.

A me piaceva sempre attraversarli con quell'ansia meccanica, tipo orologio digitale che c'è nelle patatine, che dei miei amici di Varese avevano comperato. Guardi l'orologio e non sai dove cazzo. Tu, comunque, dietro a quel tempo veloce.

Erano anni in cui si limonava di continuo. Oppure no. Erano anni cosí. Quegli anni, se li ricordo è perché cantanti come i Rockets li hanno fatti diventare un sogno immortale, e non solo i fantastici ragazzi della mia compagnia li conoscevano, ma chiunque, comperava i dischi dei Rockets. I Rockets erano la versione maschile di D.D. Jackson; lei, è la bellissima cantante spaziale del mio amore eterno.

E tu mettevi il disco di vinile di D.D. Jackson, si chiamava *Cosmic Curver*. Eh, era un disco nero, sul giradischi antico, quello con il braccio meccanico, che adesso non usa piú, è preistorico, sono passati milioni di secoli da quando quelle canzoni erano piú vere di tutte le stronzate che ci sono adesso.

Mettevi le cuffie. Facevi uscire dalla stanza il telegiornale.

Ascoltavi. Erano gli anni Ottanta.

Rockets, o D.D. Jackson. Mai piú facevi caso a quel
Craxone; non ti veniva in mente che era dappertutto,
quegli anni lui li riempiva con la faccia e tu lo vedevi
alla tele sempre, era sui giornali ogni momento, come
adesso le pubblicità della Telecom e dell'Omnitel si vedevano dappertutto Craxi e De Mita. A te però non
fregava un cazzo perché eri giovane e pensavi alla figa,
alla musica.

La musica, quel tempo, ti prendeva come nelle fiabe, fiabe che da piccolo ti raccontava l'azzurrina televisione mondiale, come *Vacanze all'isola dei gabbiani*.
Era quella la vita che non può finire di essere felice.

Ricordo. Dieci giorni prima che D.D. Jackson andasse a Telemontecarlo ero andato a una festa, orga-
nizzata dalla piú figa di Varese, la figliola di un importante allenatore degli anni Sessanta, che aveva una
Abarth 130 TC.

Ero triste.

Era novembre. Avevo una camicia di tipo scozzese,
Ritzino, con i gemelli con l'elefantino che avevo comperato a Milano, di avorio marrone, vecchio, e il resto
di oro. Li avevo comperati con un centone rubato a mia
nonna per essere felice di averli, chiunque non era padrone di quei gemelli tranne me che, comunque, avrei
potuto rivenderli quando avrei voluto, anche se poi li
ho conservati fino a dicembre, perché erano la cosa piú
bella che una ragazza poteva notare di me, se le parlavo. Io li toglievo sempre per tenerli in mano, come un
sortilegio li muovevo nell'aria.

E poi, avevo i boxer Armani. I pantaloni anche Armani, coordinati ai boxer. Calze Burlington. Di scarpe, le Worker's. Poi avevo il Moncler arancione, e sono andato alla festa. Era buio, nella casa della tipa bionda con la Ritmo Abarth 130 TC quando sono entrato
guardando le tipe.

C'erano Gianni, il mio migliore amico, Davide e

quelle troione della seconda C in Naj Oleary tirato, ventoso se ballavano, e la borsetta Mandarina Duck. Io mi ero messo il profumo Capucci della pubblicità «Capucci pour homme. La tua firma» che si sentiva bene mischiato a Gucci numero 3 di Gianni che non stava limonando ma era lí, vicino a me.

Appoggiato al muro sbatteva la testa al muro ascoltando, come me, come tutti, la bellissima *Meteor Man*. Gianni muoveva le mani come se c'era una batteria meccanica mentale come quella che si vede in un video dei Depeche Mode e continuava a fare finta di rompere oggetti nel buio della sala, e io sono andato avanti.

Mi sono acceso una More verde. Ho salutato un po' tutti ed ero felice, la musica andava su e giú e quella della Abarth aveva messo le luci psichedeliche in sala, i suoi genitori erano usciti per andare nella casa di montagna, una casa in multiproprietà a Madonna di Campiglio. C'era anche quella che vedevo sempre nel venire in pullman a Varese. Era una figa con la voce acida, ripetente. Aveva la camicia con il colletto di pizzo ed era figa.

Vicino al muro c'era un tavolo con la tovaglia bianca, le patatine, le olivolí, le olivolà, il Martini bianco. E c'erano le nostre gioie di avere quindici anni, tutta la vita per dimostrare di essere una generazione che può vincere quella grande scommessa che è la vita che c'è attorno.

Allora, ho preso a ballare e mi è venuta l'angoscia. Quel giorno avevo il cazzo duro da tutto il giorno e pensavo a quel video di David Bowie dove tutti sono felici e aspettano che lui arrivi battendo le mani, e io battevo forte le mani, con la sigaretta in bocca aspettavo. Nel buio della sala riconoscevo i capelli biondi muoversi stupendi ogni tanto passare della padrona di casa.

Però io avevo fatto casino con il mangiare e con delle medicine. Per questo, ballando ballando, mi è venuta subito quella voglia di cagare. Specie se non stavi limonando, ti sembra di essere in un labirinto, ti muovi

quello che basta per essere migliore, la musica pulsa veloce nelle tempie, è bellissimo stare lí e uscire dopo per
cagare, a sentire i suoni di un disco che si avventurano
a gruppetti verso i lontani e immensi anni Ottanta.

Era un giorno che non avrei immaginato, cosí. Prima di arrivare al cesso, ho sentito che arrivava l'effetto di quel puttanaio tremendo che avevo fatto per arrivare alla festa meno anfetaminico che mai. Avevo preso delle roipnol, io, e stavo tranquillo. Ne avevo prese
due da Gianni almeno due ore prima, ogni volta che le
prendevo mi sembrava come quelle volte che da ragazzino passavo le notti d'estate a guardare quel tipo
che vendeva gli stereo Rossini su Rete A e su Telereporter, e c'era assolutamente estate dappertutto, come
un film di profondo rosso tutto si ripeteva uguale, era
quella sensazione che hai quando replicano i programmi
completamente uguali, quando sembra che debba-
no finire e invece io andavo sul balcone, erano le quattro, a vedere le altre case e tutti dormivano, quasi tutte le finestre del mondo erano spente e tornavo a
guardare la tele. Lei non finiva mai di vendere.

Era un'asta degli stereo colorati, con il disegno della bandiera americana sopra le casse. Il tipo che li pre-
sentava si chiamava Giò Denti. Credo fosse il 1979.

Cosí io cercavo di capire la direzione del cesso, per
andarci di corsa a cagare e vomitare. Ma mi girava la
testa! Mi muovevo metà come John Travolta metà come Provolino. Mi muovevo a scatti pazzeschi. Finalmente sono arrivato al cesso.

Quasi quasi quella sera era come se ero un cartone
animato di quindici magici anni.

Vvvrrrrrr! Tutte le cose erano come nel video degli
Jello, quegli svizzeri, li ricordate? Era bello vomitare
elettrico compiuto. Ti esce fuori dappertutto. Sei una
forza della natura, in quel momento esce fuori il liquido. Li senti, i pezzettini di olivolí. I pezzettini di olivolà e l'anima, uscire fluidi.

La musica, era piú lontana, di quella schifezza della
morte. Cosí mi ero fatto un macello di macchie sulla
Ritzino. Cosí, mi sono addormentato a fianco del ces-

so. Sognando sognando, ho visto tantissime cose che adesso non ci sono quasi completamente piú.

Quello che io vedevo era un catalogo infinito delle immaginette che tutti i giorni vanno via stupende. Persone storie e canzoni, che veloci e belle si sovrapponevano, per finire accavallate dentro il sognare che era vero. Quello era il mio passato e il mio presente, era la mia vita interamente che vedevo.

La vita è una cosa meravigliosa

Vi ricordate Maria Giovanna Elmi e *Il dirigibile*? Vi ricordate Mal? Vi ricordate Sammy Barbot? Vi ricordate Stefania Rotolo? Vi ricordate quello con la bocca storta, Enrico Beruschi? Vi ricordate la Guapa? Vi ricordate Tiziana Pini? Vi ricordate il programma *Buonasera con...*? Vi ricordate l'amore infinito?

Vi ricordate Plastic Bertrand? Vi ricordate Liò? Vi ricordate Patrick Hernandez? Vi ricordate gli Alunni del Sole? Vi ricordate i Collages? Vi ricordate il video di *I Wanna Be Your Lover* dei La bionda? Vi ricordate l'amore infinito?

Vi ricordate il primo Gazebo? Vi ricordate i Visage? Vi ricordate Filipponio? Vi ricordate i Latte & Miele? Vi ricordate Albert One? Vi ricordate Dan Harrow?

Vi ricordate Zaccagnini? Vi ricordate Spadolini? Vi ricordate Khomeini? Vi ricordate quando eravate bambini? Vi ricordate Bjorn Borg? Vi ricordate l'amore infinito?

Vi ricordate Fanfani? Vi ricordate Zambeletti? Vi ricordate De Michelis? Vi ricordate Pietro Longo? Vi ricordate Mork & Mindy? Vi ricordate l'amore infinito?

Vi ricordate Enzo Tortora? Vi ricordate il cono Atomic? Vi ricordate Daniele Formica? Vi ricordate il formaggio Dover? Vi ricordate Nicolae Ceausescu? Vi ricordate Ronald Reagan? Vi ricordate Franco Nicolazzi? Vi ricordate Claudio Martelli? Vi ricordate Antonio Gava? Vi ricordate Furio? Vi ricordate Mario e Pippo Santonastaso? Vi ricordate Carlo Donat Cattin?

Vi ricordate Mennea? Vi ricordate Franca Falcucci? Vi ricordate il mondo di Roberta di Camerino? Vi ricordate Zanna Bianca? Vi ricordate Autogatto e Mototopo? Vi ricordate Goran Kuzminach? Vi ricordate *Video Killed the Radio Stars*? Vi ricordate Barazzutti? Vi ricordate *Tre nipoti e un maggiordomo*? Vi ricordate Elisabetta Virgili? Vi ricordate l'amore infinito?

In the Galaxy of Love

Quando mi sono svegliato dal coma vomitoso c'era lí D.D. Jackson. Proprio D.D. Jackson, il mito della mia generazione. Davvero D.D. Jackson, la cantante spaziale bellissima orientale che dieci giorni dopo andava a Telemontecarlo!

Tommaso Labranca, che è il piú importante filosofo italiano vivente, sostiene di essere riuscito a toccarla durante una registrazione televisiva.

Lo scrittore Arturo Bertoldi, ne *Il piccolo consumatore*, dice di averla vista in televisione, e che «voleva trasformarsi a tutti i costi nel suo microfono».

Io, invece, ero lí insieme a lei, nel bagno vomitato della tipa della Abarth la guardavo, ne sentivo la pelle calda vicino.

Quanto era bella D.D. Jackson. Lei era bellissima.

Essere lí insieme a lei voleva dire superare senza paura l'angoscia di essere sperduti nell'universo, quell'angoscia che hai da ragazzo, che è come diceva Venditti, nella canzone *Ciao uomo*: «Ciao uomo, dove vai | balli nel cuore dell'universo | ma alla fine della tua storia | piangi d'angoscia dentro di te».

Se c'era lí D.D. Jackson, ma bastava anche soltanto un suo disco, tu avevi la dimostrazione che l'universo non era un oscuro meccanicismo che segue leggi fredde e materiali, bensí un pezzo di figa bellissimo.

D.D. si avvicinò a me e mi baciò in bocca. Aveva un sapore spaziale, aveva il gusto di tutti i pianeti che ci sono, ero infilato dentro una specie di tunnel di luci colorate, miele e amore che ti spacca in due la testa, il cuore. – D.D. Jackson, – le dissi sfilandomi Worker's e Burlington, – solo un sogno infinito può averi fatta arrivare qua. Tu che conosci l'uomo meteorite, tu che canti l'efficienza della polizia spaziale, nella galassia dell'amore!!!

D.D. Jackson mi guardò con i suoi occhi immortali, gli stessi che avevo visto su un vecchio «Ciao 2001» (c'era lei in una specie di astronave), che mi avevano fatto capire la bellezza della sessualità e dello spazio, io che allora ero ancora un bambinetto, incapace di intendere e volere, inadatto a scrivere racconti scollacciati, a vivere vicende erotiche, a percepire nell'integra sua soavità il gusto dell'unione con una donna, la bellezza del passaggio di una stella cometa, il significato di una guerra tra mondi, l'evoluzione continua dei robot, l'alternarsi dei cicli planetari, e la metempsicosi.

D.D. si sdraiò per terra, leggermente sporcando la sua tutina aderente nera, mi abbassò il boxer, sollevò leggermente la Ritzino, prese in bocca il mio adolescenziale membro e io chiusi gli occhi mentre il bagno si trasformava in quella specie di galassia di plastica che vedevo diventare calda e stupenda quando un ragazzo chiude gli occhi ascoltando una nuova canzone di D.D. Jackson.

Carre

C'era una bellissima fotomodella che si chiamava Carre. Lei viveva sempre nuda, e stava spesso seduta in riva al mare a guardare l'acqua completamente nuda. In quell'occasione, il vento le sollevava i lunghi capelli biondi, e chi le stava dietro le poteva vedere metà sedere e la schiena, chi le stava davanti poteva vedere le tette, un po' molli ma eccezionali, e qualcosa di pelo. Altre volte Carre stava sempre lí, ma un po' prima, nella posizione di una pubblicità di qualcosa, seduta con una gamba un po' sollevata e l'altra sotto, e con le mani incrociate sulle gamba sollevata. Chi le stava davanti poteva vedere: un cazzo, nada. Chi le stava dietro poteva vedere metà sedere e la schiena. Certe volte, sempre in quel posto Carre si metteva di sghimbescio su una poltrona di legno tutta storta, con la gamba destra sollevata per nascondere l'importante natura. In quell'occasione, chi le stava davanti poteva vedere benissimo le tette, un po' molli ma eccezionali, e un tatuaggio sul piede destro, una specie di sole boh. Quando era incazzata, Carre andava via da quel posto, si metteva una specie di maglia di rete bianca, una cosa, e stava appoggiata a una parete di legno a pensare male. Chi le stava davanti vedeva: è impossibile, davanti c'è il legno! Chi le stava dietro vedeva: pezzettini a forma tipo rombo di schiena e boh (nelle foto che mi ha mandato Max non si capisce se ha le mutande, o no. Io spero che no! A me piacciono i sederi delle attrici bellissime!)

Carre, che era schopenaueriana, tipo buddista, aveva tutti i dischi di Carmelo Bene, guardava sempre il
video di *Salomé* di Carmelo Bene, e non gliene fregava un cazzo di nulla. Quando qualcuno le chiedeva come stava, lei rispondeva: – Bene, Carmelo Bene –, e rideva da sola quattro o cinque giorni. Carre viveva ven-
dendo bottigliette delle sue mestruazioni a un feticista
coprofilo di Hong Kong, che le pagava 18 milioni l'una.
Siccome Carre aveva le mestruazioni una volte al mese, e ogni mese riempiva tre bottigliette, calcolate quanto Carre guadagnava in un anno.

Con tutti quei soldi Carre si comprava un sacco di
puttanate, e non gliene fregava nulla dei poveri, cavolo gliene fregava a lei dei poveri? Una volta, Carre si
era comperata una statua di diamanti di Berlusconi di
100 000 chili, poi non le interessava piú e l'ha regala-
ta alla mafia. Un'altra volta, Carre si è comprata un
reggiseno di titanio spaziale del valore di 600.000 mi-
liardi, ma siccome stava sempre nuda l'ha disintegrato
con un coso chimico.

Carre, stava sulle scatole a tutti. Ognuno voleva fare l'amore con lei, ognuno voleva prenderla a sberle per
questo suo disinteresse, per questa sua mancanza di spirito sociale. Una volta, uno della Cisl le ha sputato in
faccia, ma lei, buddista, non gliene fregava nulla, stava lí a guardare il mare e pensava che ancora una ven-
tina d'anni di mestruazioni e si sarebbe potuto comperare qualunque cosa, perché Carre era una ragazza
di un consumismo e di un'avidità che non hanno confini. Carre, era una vera figlia dei nostri tempi.

Per non fare niente tutto il giorno, Carre si era presa
un maggiordomo, uno scemo cinese. Questo maggiordomo si chiamava Alessio, ed era uno zoofilo omosessuale,
cioè se l'intendeva con i cani di sesso maschile, aveva con
loro storie di genere prevalentemente platonico.

Un giorno, Carre fu trovata sgozzata su quel cazzo di coso di legno dove stava sempre, orribilmente mutilata nell'importante natura. Carre, infatti, al posto della figa aveva un casino, un milk-shake di carne, schifezze, sangue, pulp (ancora?! Basta!)

La gente del luogo non rimpianse affatto la morte di Carre, ma alcuni tipi del luogo che volevano fare l'amore con lei ci rimasero un po' male. Tra questi, tre maniaci sessuali. Ermanno, 42 anni, detto «Formaggino»; Sebastiano, 16 anni, detto «Brufolo iraniano» e Gianni, detto «mangiafiga» per la sua abitudine di dire a tutti, mostrando il poster della ragazza del mese di un giornale per uomini soli: «Io a questa le mangerei la figa».

La morte di Carre era un vero e proprio giallo.

Il commissario Montanari, incaricato dell'indagine, fumava nervosamente. Passeggiava nervosamente nel suo ufficio, cercando di pensare a chi era stato a uccidere Carre. Beveva un caffè dietro l'altro, stava male. Poi a un certo punto si era ricordato che nei gialli è sempre il maggiordomo a uccidere la vittima in modo imprevedibile. Il commissario Montanari sorrise soddisfatto.

Nella sua casa di ringhiera, Gianni guardava una foto di Eleonoire Casalegno, e sudava come un maiale. Pensava che avrebbe pagato qualunque cosa per essere Sgarbi, che ci è andato. Poi mestamente metteva su il pentolino dell'acqua, e si bolliva due würstel «Giò», quelli con il formaggio grana dentro. In fondo al cuore, Gianni era soddisfatto.

Il commissario Montanari suonò al campanello della casa di Alessio. Alessio, inebetito, stava avendo una sessione di sesso orale con un pastore maremmano di sei mesi, tale «Pucci».

– Chi è? – chiese Alessio abbandonando le gambe dell'animale che, infastidito da quella situazione inaspettata, iniziò a abbaiare.

– Amici! – gridò Montanari.

– Io no amici, – replicò Alessio, nel suo italiano disastroso. Rivestitosi alla bell'e meglio, Alessio corse a prendere la pistola Ochklaoma a aria compressa che aveva comprato a rate due anni prima. Avvicinandosi alla porta, con tutta la forza che aveva nei polmoni urlò ancora:

– Chi è?

– Amici! – gridò di nuovo il commissario Montanari.

Finiti i würstel, Gianni aprí la credenza della cucina e ne estrasse due brandelli della natura di Carre, resi gialli dalla decomposizione. – Ma che cazzo di giallo è questo? – urlò allora Gianni inconsapevole del grave delitto di cui si era macchiato uccidendo Carre per asportarle i genitali. Gianni non aveva colpa dei suoi comportamenti. Suo padre era un fanatico della Sampdoria, e ogni volta che la sua squadra perdeva lo sodomizzava con la Pizzamatic, obbligandolo poi a mangiare la solita pizza Catarí bruciata che il sabato sera, per festeggiare, lui e i suoi parenti cercavano di fare. Tutto questo negli anni accrebbe in Gianni un senso di violenza repressa, a sfondo sessuale. Gianni, attraverso il sesso, sfogava il suo tremendo vissuto infantile.

Al funerale di Carre non c'era nessuno perché su Raidue davano uno speciale di Augias sulla morte di Carre, con le immagini del commissario Montanari che, tra la folla inferocita, portava via in manette il povero Alessio che gridava: – Io no colpevole, io alibi cane! – Alessio aveva infatti passato la sera del delitto con Pucci.

Sebastiano, il famoso «brufolo iraniano» (brufolo perché era pieno di brufoli, iraniano perché una volta, durante un'interrogazione in geografia, aveva detto che l'Iran era la capitale dell'Irak), si rodeva dentro. Aveva assistito alla scena del delitto e guardavo alla tele il

povero Alessio entrare nella macchina della polizia
scortato da due poliziotti, mentre invano supplicava di
chiedere a Pucci dov'era lui la sera del delitto. Alessio
ebbe l'aggravante di maltrattamento di animali, anche
se Pucci non venne, ovviamente, mai ascoltato.

Pucci, era davvero un cane gay.

Ascoltando Augias, Gianni se la rideva. Osserva-
va la ricostruzione del delitto, degustava con talento
da intenditore le interviste alle vicine di casa risenti-
te: – Eh sí, – dicevano in coro, – povera Carre, un
maggiordomo cosí terribile –. Gianni si aperse una
scatola di datteri sciroppati, non molto buoni, e ne
mangiò una dozzina.

Il commissario Montanari si sentiva Dio.

Il caso era stato risolto in un battibaleno, e poteva
quindi sperare in una promozione. Lucidava commos-
so il suo distintivo, pensando a quando sarebbe salito
di grado.

Sebastiano varcò la soglia del commissariato. Atte-
se mezz'ora e fu ricevuto. Durante a quella mezz'ora
ripensò alla sua infanzia, a quando giocava con le ca-
vallette. Spezzava loro le gambe e poi le infilava nel sedere di suo fratello minore, che aveva allora due anni.
– So chi è l'assassino, – disse Gianni all'appuntato Pac-
cagnini, un tipo assurdo, un ciccione mentecatto che
diligentemente annotava ogni parola del suo interlo-
cutore. – Si tratta di Gianni La Porta, detto «mangiafiga». È stato lui a uccidere Carre per realizzare i suoi
malsani propositi. Quindi dovete liberare il maggiordomo.

La sera dopo, Augias intervistava in diretta dal carcere di San Vittore Gianni, che accondiscese all'intervista dietro il compenso di un abbonamento gratis a Internet e l'iscrizione per un anno al sito «real pussy», oltre 8000 foto di organi genitali femminili scomponibili

con il taglia e incolla di Windows. In un angolo triste della città, il commissario Montanari piangeva le sue amare lacrime.

Un sogno che ho fatto

Che l'Einaudi mi doveva mandare a vincere il Tour di Francia 1997 a piedi, per vendere meglio il mio nuovo romanzo *Puerto Plata Market*. E io ero a letto quando mi ha telefonato Einaudi. Mi ha detto: – Parti per Parigi. Vinci il Tour, perché ormai non basta andare al Costanzo, stracciare l'immagine del papa mentre canti da Baudo, o farsi riprendere da Canale 5 mentre sei a letto con Sgarbi! Oggi, per fare buona letteratura, ci vuole un marketing differenziato, una strategia che poggia sul nuovo, e questo sei tu –. Era il solito progetto di Aldo Nove come ottimizzazione di qualcosa che continua a essere speciale nel processo di circolazione delle merci! Ma io ero appena sveglio, ho detto di sí per obbedire a una casa editrice. E mi sono fatto un caffè pensando a molte altre cose che nella vita continuano.

Pensavo a questi nuovi dischi di Moby, che mi ha fatto ascoltare Isabella. Pensavo che la techno del futuro è l'unica musica classica che può vendere bene, amavo fortissimo Dj Shadow e l'assomiglianza che hanno i Daft Punk con i Kraftwerk di quando io ero piccolino quando è suonato il campanello e mi hanno consegnato una valigetta con il kit Einaudi per vincere il Tour de France 1997 a piedi.

Esso conteneva un vestito dell'Uomo Ragno, un biglietto di andata per Parigi, una bicicletta smontabile già smontata e polvere da sparo Einaudi per i piedi. Poi, improvvisamente, mi sono ritrovato in un albergo di Parigi dove erano già arrivate molte pornostar e Tommaso Labranca. Tommaso Labranca gareggiava per la Feltrinelli perché, durante quel sogno, la Feltrinelli gli pubblicava *Chaltron Hescon*. Niccolò Ammaniti e Tiziano Scarpa non c'erano, ma non me ne importava nulla perché c'erano un casino di pornostar che io guardavo dall'ascensore dell'albergo in cui ero arrivato. Tommaso Labranca era vestito da Mazinga Z e aveva scritto, sulla schiena, «Feltrinelli».

Ogni cosa era più grande di tutte le altre, come succede sempre nei sogni cambiava insieme ai posti che, guardandoli, erano già diventati un'altra cosa. Labranca mi aveva aiutato a cucire sulla schiena la scritta «Einaudi» in quell'albergo che era uguale a un albergo di Reggio Emilia dove sono andato l'anno scorso per leggere delle cose con Caliceti, il mitico. Poi l'albergo si è trasformato nella partenza del Tour, evitavo i giornalisti che volevano interrogarmi sul futuro della letteratura italiana, e mi sentivo Hinault.

Ero completamente solo, come nella vita in quel sogno non ero completamente felice, guardavo Parigi che mi circondava come un abbraccio che mi stritolava pieno di case e campanili, e sembrava di essere alla Bovisa.

Quando è iniziato il Tour Labranca ha subito seminato tutti, era in testa alla gara e io sono rimasto al punto di partenza confuso, non mi riusciva di vincere anche perché non ho mai studiato il francese ed ero distratto da delle pornostar che ballavano vicino a un distributore di panini, ho chiesto delle indicazioni a un signore e ho iniziato a gareggiare cercando di ricordarmi delle cose che mi aveva detto Repetti sulla respirazione per vincere il Tour. Praticamente si trattava di tecniche di visualizzazione positiva sulla respirazione. Io volevo tornare a casa a guardare un cd-rom interattivo sulla storia del cinema fantastico che avevo comperato in Galleria alla Ricordi a 99 000 lire, standomene comodamente seduto, invece ero già in ritardo di cinque minuti sul gruppone, e sono schizzato via tipo Gonzales!

Arrivato in prossimità della curva, in un posto che era Parigi ma uguale alla piazza principale di Tradate (VA), dove abita il mio amico Simonelli, ho chiesto informazioni a un signore su dove andare perché avevo sempre l'ansia di essermi perso, di non riuscire a vincere il Tour.

Andando avanti, c'era una casa che era una struttura del Tour d'alta montagna. In essa, bisognava entrare correndo, seminare il corridoio d'ingresso e la cucina prima di arrampicarsi su una scala che portava alla montagna della cultura importante.

La montagna della cultura importante era una cosa che c'era nel sogno, faceva parte del Tour. Era costituita di libri schiacciati come io mi immaginavo che fossero schiacciati i giornali che aveva una vecchia di Viggiú, la madre del preside delle scuole medie, che è morta a 96 anni una decina di anni fa. Questa vecchietta aveva dei vasi da notte pieni di piscia vecchia e semievaporata, e anche dei «Corrieri della sera» anni '20, appoggiati uno sull'altro.

Io, mi sono arrampicato sulla montagna, e ero da solo. Vedevo gli altri che parlavano gareggiando, ma in francese. Tommaso Labranca chissà dove cazzo era. Arrampicandomi guardavo i libri. Tra di loro, ce n'era uno che mi aveva convinto. Era l'opera giovanile di Sanguineti. Saggi di ogni tipo, poesie con i versi lunghi un metro e mezzo e delle cose contro Pasolini. C'era anche altro, ma mi interessava quello.

Come tutti gli altri libri, l'opera giovanile di Sanguineti era incastrata tra le rocce della montagna, e ho cercato di prenderla.

Quando facevo l'università, per mantenermi, accudivo un vecchio nazista di Camogli, controllavo che non cagasse assurdamente in mezzo alla cucina, sua moglie aveva dieci anni meno di lui, era lucida e mi dava 100.000 lire al giorno. Mi sembra che in questo sogno, alla base della montagna, ci fosse anche lui, e mi guardasse in controluce.

Allora, cercando di disincagliare Sanguineti dalla montagna, ho fatto crollare tutto, si è creata una valanga di libri, tra i quali c'erano anche Rabelais e dei libri di Bifo, e distruggevano il sogno, mi sono quasi svegliato ma no, ho continuato a gareggiare per «Stile libero», ho cercato di riprendere la gara per non tradire un discorso di pianificazione della mia immagine editoriale, e con moltissima fatica mi sono ripreso, avevo il vestito di Uomo ragno tutto lacerato ma dovevo vincere, era come se c'era Einaudi dappertutto, che controllava se vincevo.

In generale, ero molto sudato, avevo nelle scarpe polvere da sparo Einaudi e delle cose al carbonio per non puzzare i piedi. Il Tour de France 1997 era strutturato in circuiti concentrici, che si assottigliavano splendidamente. Per questo motivo speravo che Labranca, doppiandomi, spuntasse all'orizzonte. Ma questo non è accaduto, non avevo nessuno con cui parlare un poco.

Intanto, apprendevo dalla televisione che Castelvecchi aveva ristampato *Woobinda* di nascosto, ed ero a 26 000 copie, terzo in classifica dei tascabili dopo Baricco e la Vinci, ma ultimo al Tour de France.

Cosí mi sono fatto coraggio e ho dato fuoco ai miei piedi pieni di polvere da sparo Einaudi, ho recuperato terreno nei confronti di un migliaio di partecipanti, e mi sono sentito meglio. Con le tecniche di visualizzazione che mi aveva spiegato Repetti visualizzavo un palloncino nell'addome, che si gonfiava e sgonfiava correndo.

Cosí sono arrivato a un punto difficile del sogno, c'era da superare un ostacolo, una gabbietta di metallo attraverso la quale passare.
Io, mi sono guardato attorno.
Vedevo che non c'era nessuno e ho fatto l'aquila.
Sono passato a fianco della gabbietta invece di attraversarla come c'era scritto sul regolamento del Tour di quest'anno. Io correvo forte, pensavo che Brizzi non è costretto a fare queste cose.

Brizzi per me è Dio, lui è superiore.
Brizzi non è mai pulp, è un discorso diverso, è stato pianificato meglio, è molto giovane, è amico di Vasco Rossi pensavo correndo lontano dalla gabbietta.
Poi mi sono svegliato un attimo, e sono andato a pisciare.

Io non so se voi durante il sonno vi capita di svegliarvi per andare in bagno, e poi di riprendere il sogno.
Io sí ma non sempre.

La volta che ho sognato di partecipare al Tour de France 1997 sí, ho pisciato e sono ritornato a Parigi a correre, come un forsennato, ma improvvisamente un vigile ha fischiato contro di me, aveva scoperto che avevo superato la gabbietta. Era un vigile francese che assomigliava a Gabriel Pontello, l'eroe delle mie seghe di quando avevo 17 anni, e comperavo Supersex.

Gabriel Pontello aveva sempre la lingua dentro il culo di una pornostar. Marilyn Jess Holinka Hardiman Charlotte Deladier erano le piú famose. Spesso Pontello era in divisa militare francese, sparava. Quel vigile di Parigi gli assomigliava specialmente nella forma del cranio, un po' quadrata come avevano spesso gli attori porno maschili negli anni Ottanta.

Gli anni Ottanta sono stati i migliori di tutti, ma di questo, ne parlo in un altro sogno. Spaventato dal fischio sono impazzito dal terrore, ho capito che per me il Tour de France era finito.

Mi sono buttato giú da una collina, c'erano dappertutto elicotteri con le mitragliatrici, sembrava *Apocalypse now*, sembrava che morivo.

Un colpo mi ha raggiunto in mezzo alla fronte mentre un giornalista della «Provincia» di Como mi intervistava su cosa ne pensavo della violenza sessuale sui minorenni. Il cellulare suonava. Mi usciva il sangue dalla bocca e ho risposto al telefono. Era Repetti che mi diceva come andava, e che aveva già parlato con Mughini per fare un servizio su «Panorama» sulla mia vincita al Tour. Il giornalista si sbracciava faceva segno agli elicotteri che mitragliavano di fargli finire l'intervista.

In quel momento sono morto.

Quando sono morto mi sono svegliato, mi sono vestito e sono andato al Centro Bonola a comperare il cd-rom sul cinema che fa ridere. Poi mi ha telefonato Marina Spada e le ho raccontato il sogno.

Un mondo bello come le Spice che ballano

Sono un fan delle Spice, mi chiamo Giorgio, ho trent'anni e la mia ragazza è meno bella di Emma. Questa, è la storia di tutte le cose che ho delle Spice, piú la cronaca del loro trionfale concerto al Forum di Assago (MI), il 9 marzo 1998. Tutt'attorno al Forum d'Assago, il giorno del trionfo delle bellissime Spice Girls c'era un vento pazzesco, primordiale. Direttamente mandato dalle gelosissime All Saints, che si rodono dall'invidia perché le Spice sono le Spice, e le All Saints, anche se sono state a San Remo, praticamente non valgono uno zero al quoto, non sono nulla.

Quando sono arrivato ad Assago ho subito capito che sarebbe stato il giorno piú bello delle mia vita, perché lí fuori dei tipi anni Settanta vendevano: magliette delle Spice nere e bianche; sciarpe delle Spice; bandane bianche delle Spice; poster delle Spice; adesivi delle Spice. E alle cinque del pomeriggio c'era già questo fiume pazzesco di bambini, che speravano in un mondo migliore. Un mondo bello come le Spice che ballano.

Io, avendo trent'anni, ero piú felice dei bambini perché per comprarmi gadgets non ho bisogno di fare scenette con i genitori, e come adulto se ho soldi posso acquistare tutte le stupidaggini che ho intenzione di avere. Per cui, uno dei motivi per cui è bello essere adulti è questo (oltre al sesso ecc.).

Noi adulti abbiamo anche dei sogni inconfessabili, protagoniste dei quali sono le Spice. Le Spice hanno successo perché sono normali, esse sono «chiunque». Tutti, però, non sono le Spice, e al mondo c'è ingiustizia, persone che soffrono insoddisfatte in quanto la vita, se guardiamo bene, non è un concerto delle Spice. La vita, è praticamente un concerto delle All Saints. Qualcosa di brutto. Le Spice, sono qualcosa di superiore.

La piú superiore di tutte è Geri, che sembra una cinquantenne, è una bomba del sesso, è truccatissima, è eccezionale. Lei è la filosofa del gruppo, e io ho l'autografo (me l'ha fatto). Un'altra grande Spice è Emma, Baby Spice, il sogno di tutti i terribili pedofili del mondo. Baby Spice, su fotografia, sembra che ha 15 anni. Baby Spice, vista dal vivo, sembra che ne ha 45. Media: Baby Spice ha 30 anni. Durante il concerto, Baby Spice è stata una delle piú acclamate. Anche di Emma ho l'autografo (me l'ha fatto).

Una Spice abbastanza eccezionale è senz'altro Mel B., la Sporty Spice, che vista dal vivo è piú bella che in televisione. Lei, è timida. È sempre in prima linea, salta, fa capriole, balla in modo interessante e ne possiedo l'autografo su carta intestata Spice. Un'altra Spice è Mel C., ed è un gran casino questo fatto di Mel B., Mel C. ecc., perché i bambini si confondono e fanno caos (anche Mel C. mi ha fatto l'autografo), i bambini non sanno piú bene chi è la loro prediletta e cosí devono amare tutto il gruppo assieme, si arrangiano in questo modo. Di Mel C., che è nera, bellissima e con il piercing sulla lingua (in un'intervista ha detto a cosa le serve, ma io sono una persona educata, e non lo scrivo). Questo fatto che Mel C. ha il percing sulla lingua per fare meglio i pompini la rende di gran lunga la piú eccitante di tutte, e, grazie a ciò, la amo. Mel C., mi ha fatto l'autografo. L'ultimo autografo che ho è quello di Victoria, che se la tira, veste anni Ottanta, veste firmato. C'è una scena nel film *Spice Girls – The Film* dove le Spice vanno al militare e sono tutte in tuta mimetica normale tranne Victoria che ha la tuta mimetica griffata. Victoria ha delle belle gambe ma, sul palco, si sbatte poco, e non la inquadrano praticamente mai.

Oltre all'autografo, io come tanti altri fan ho:

1) La Spice Cam della Polaroid. 2) La tazza ufficiale dello Spice World Tour, con stampata la foto delle 5 ragazze a colori (L. 14 000). 3) La maglietta nera del Tour (20 000). 4) Il berretto viola delle Spice (20 000). 5) Il pass colorato delle Spice (15 000). 6) Il book del Tour (15 000), con tantissime fotografie. 7) Due spillette (10 000), tutt'e due vere. 8) Un poster delle Spice (5000). Il concerto, iniziato alle 20.30, è stato accolto da un boato cento volte superiore a quello che si è sentito quando, sul palco delle personalità, è arrivato Ronaldo con la sua fidanzata bionda.

Ronaldo, tra gli applausi ha limonato per mezz'ora, e poi se n'è andato.

Un'altra personalità che ho visto al concerto è indubbiamente Jovanotti, che è passato vicino a me ma non gli ho chiesto l'autografo, perché ce l'ho già. Altre personalità che ho visto sono: poche, e comunque meno importanti di quelle che ho già detto (tra cui una di Radio Popolare). Una star che non c'era è Monica Bellucci, e si sentiva che per questo motivo il livello di bellezza del concerto era un po' piú basso, tutti eravamo d'accordo che lo Spice World Tour era meno entusiasmante per davvero.

La scena che piú ho stimato è stata a metà concerto, quando le Spice appaiono sedute con una sedia con lo schienale al contrario appoggiate. Lí le Spice può darsi che sono nude!

Tutto il pubblico eravamo migliaia e migliaia di bambini genitori intellettuali e giornalisti a cercare di capire se le Spice erano nude o no, e tutti guardavamo bene osservando se le 5 ragazze avevano reggiseno, mutandine ecc. ma, essendo che queste stavano ferme immobili non lo si è capito, e ci porteremo tutti noi spettatori questo mistero nella tomba, moriremo senza averlo saputo mai!, e comunque, su Internet, anche se sono finte ci sono, le foto delle Spice nude, basta cercarle sul Web e le trovi, non costa molto guardare un sito cosí o farne una copia da mettere sulla scrivania da segarti ogni tanto, accontentiamoci in questo modo, è sufficiente!

Il pezzo piú bello del concerto è stato *Wannabe*, quello del loro primo video, dove si vedono loro che fanno del casino a una festa davvero seria, la ribaltano, ma è stato anche bellissimo quando quasi alla fine le Spice hanno cantato *Mama* con il video dove praticamente ci sono le Spice da piccole con le loro mamme nelle foto, e questo fatto sottolinea che comunque la cosa piú importante della vita è sempre la mamma, che bisogna apprezzarla in quanto è lei che ci ha dato la vita, è lei che ci ha fatto nascere per venire in questo mondo dove è bello andare al Forum di Assago per vedere un concerto delle Spice.

P.S.: Le All Saints devono sparire! Sono un'imitazione che non avrà nessun successo! Esse cercano di parassitare sulle Spice!

Indice